Das Echo der Raben

AF282643

Raben-Trilogie

Band 1

Mirco Deflorin

Das Echo der Raben

Mirco Deflorin

Impressum

Bibliografische Information der Deutschen Nationalbibliothek:
Die Deutsche Nationalbibliothek verzeichnet diese
Publikation in der Deutschen Nationalbibliografie;
detaillierte bibliografische Daten sind im Internet
über http://dnb.dnb.de abrufbar.

Verlag: BoD · Books on Demand GmbH, In de Tarpen 42,
22848 Norderstedt, bod@bod.de
Druck: Libri Plureos GmbH, Friedensallee 273,
22763 Hamburg

ISBN: 978-3-7693-2461-7

Inhaltsverzeichnis

Porträt zu Mirco Deflorin

Mirco Deflorin lebt und arbeitet in den Schweizer Alpen. Als Schriftsteller und Psychiatrie-Mitarbeiter verbindet er in seinen Werken psychologische Einsichten mit fesselnder Spannung.

Vorwort

Liebe Leserin, lieber Leser,

hinter den imposanten Mauern traditionsreicher Internate verbirgt sich oft mehr als nur akademische Exzellenz und ehrwürdige Geschichte. In "Das Echo der Raben" öffnen wir die schweren Holztüren des Internats Rabenstein und tauchen ein in eine Welt, in der Macht, Tradition und düstere Geheimnisse eng verwoben sind.

Als eine Schülerin unter mysteriösen Umständen verschwindet, kehrt die Ermittlerin Sarah Reichert an den Ort ihrer eigenen Schulzeit zurück. Was als Vermisstenfall beginnt, entwickelt sich zu einer Reise in die Abgründe einer geschlossenen Gesellschaft, in der sich Geschichte auf unheilvolle Weise zu wiederholen droht.

Die "Rabengesellschaft", ein elitärer Zirkel ausgewählter Schüler, hütet Geheimnisse, die Generationen überdauern. Sarah muss sich nicht nur den Schatten ihrer eigenen Vergangenheit stellen, sondern auch einem System, das Menschen formt und bricht – damals wie heute.

"Das Echo der Raben" ist mehr als ein klassischer Kriminalroman. Er ist eine psychologische Reise in die Mechanismen von Macht und Kontrolle, von Manipulation und blindem Gehorsam. Er zeigt, wie Traditionen zu Fesseln werden können und welchen Preis Menschen zahlen, um dazuzugehören.

Lassen Sie sich mitnehmen in die düsteren Korridore von Rabenstein, wo das Krächzen der Raben mehr ist als nur der Ruf von Vögeln – es ist das Echo einer dunklen Vergangenheit, die in die Gegenwart hineinwirkt.

Mirco Deflorin

Kapitel 1: Der Fund

Wintermorgen im Internat

Der Schnee dämpfte jeden Laut, als Karl Müller seinen morgendlichen Kontrollgang durch das Internat Rabenstein begann. Seine Schritte hallten dumpf durch die leeren Korridore des altehrwürdigen Gebäudes. Um sechs Uhr morgens schliefen die Schüler noch, nur das erste Winterlicht drang durch die hohen Bleiglasfenster und warf gespenstische Schatten auf den polierten Steinboden.

Die gotischen Bögen des Hauptgangs ragten wie versteinerte Rippen über ihm auf. Müller kannte jeden Winkel des Internats, jedes Knarren der jahrhundertealten Holzdielen, jedes Quietschen der gusseisernen Heizkörper. Nach dreißig Jahren Dienst war ihm der rhythmische Atem des Gebäudes so vertraut wie sein eigener. Doch an diesem Morgen war etwas anders.

Die eisige Januarluft kroch durch jede Ritze der alten Mauern. Draußen vor den hohen Fenstern tanzte der Schnee in dichten Flocken zu Boden. Der weitläufige Innenhof lag unter einer makellosen weißen Decke. Nur die Fußspuren des Nachtwächters durchbrachen die unberührte Fläche - und seltsamerweise eine zweite Spur, die zur Bibliothek führte.

Ein heiseres Krächzen ließ Müller zusammenzucken. Über dem Ostturm kreiste ein Schwarm Raben, mehr als er je zuvor gesehen hatte. Ihre schwarzen Silhouetten hoben sich scharf gegen den bleichen Winterhimmel ab. Das ungute Gefühl in seiner Magengegend verstärkte sich.

Die massive Eichentür zur Bibliothek war nur angelehnt. Ein schmaler Lichtstreifen fiel in den Gang - unmöglich, er hatte gestern Abend selbst abgeschlossen. Der schwere Schlüsselbund an seinem Gürtel klimperte leise, als er näher trat. Die Tür öffnete sich mit einem langgezogenen Knarren.

Der erste Eindruck war Kälte. Schneidende, beißende Kälte. Eines der hohen Fenster stand sperrangelweit offen, Schneeflocken wirbelten herein und bedeckten bereits den antiken Lesepult darunter. Die alten Bücherregale ragten wie stumme Wächter in die Höhe, ihre ledergebundenen Schätze in ewigem Schweigen verhüllt.

"Hallo?", rief Müller in die Stille. Seine Stimme klang fremd in seinen eigenen Ohren. Keine Antwort.

Er durchquerte den Raum, seine Schritte gedämpft vom dicken Perserteppich. Das Fenster musste geschlossen werden, bevor die wertvollen Bücher Schaden nahmen. Als er sich dem Lesepult näherte, stockte ihm der Atem.

Dahinter, halb verborgen im Schatten der gewaltigen Regale, lag eine zusammengekauerte Gestalt. Der hereingewehte Schnee hatte sich bereits wie ein dünner Schleier über ihre reglose Form gelegt. Dort, wo die weißen Flocken den Boden um sie herum berührten, hatte sich das Weiß in ein dunkles Rot verwandelt. Eine stetig wachsende Lache, die sich ihren Weg zwischen den feinen Schneekristallen bahnte.

Müller taumelte rückwärts, sein Herz hämmerte gegen seine Rippen. Mit zitternden Fingern zog er sein Dienst-Handy hervor. Die Nummer des Schulleiters war die erste auf der Kurzwahlliste.

"Dr. Koch? Hier ist Müller. Kommen Sie sofort in die Bibliothek. Es... es ist etwas passiert."

Draußen kreisten die Raben weiter ihre stummen Runden über dem Internat. Ihr Schatten fiel durch das offene Fenster, tanzend über die reglose Gestalt am Boden. Sie waren zurück. Nach all den Jahren waren sie zurück.

Müller starrte auf die dunkle Silhouette am Boden. In dreißig Jahren hatte er viel gesehen in Rabenstein. Schülerstreiche, nächtliche Zusammenkünfte, verbotene Liebschaften. Aber dies war anders. Dies war der Anfang von etwas, das die jahrhundertealten Mauern des Internats in ihren Grundfesten erschüttern würde.

Ein eisiger Windstoss fegte durch das offene Fenster und ließ die schweren Vorhänge tanzen. Für einen Moment schien es, als würden sie wie schwarze Rabenflügel durch die Luft schlagen. Müller schloss die Augen. Als er sie wieder öffnete, war der Spuk vorbei. Nur die grausame Realität blieb.

Das Echo seiner Schritte hallte von den hohen Wänden wider, als er zurück in den Gang trat. In wenigen Minuten würde Dr. Koch hier sein. Und dann würde nichts mehr sein wie zuvor in Rabenstein.

Die Morgenglocke läutete in der Ferne, ihr vertrauter Klang seltsam fehl am Platz in dieser unwirklichen Szenerie. Ein neuer Tag begann im Internat Rabenstein. Ein Tag, der alles verändern würde.

Entdeckung in der Bibliothek

Dr. Maximilian Koch eilte durch die verschneiten Gänge des Internats Rabenstein. Seine sonst so beherrschte Miene zeigte Spuren von Besorgnis. Der Anruf des Hausmeisters hatte ihn beim Morgenritual gestört - Müllers Stimme hatte er noch nie so erschüttert gehört.

Die schweren Absätze seiner maßgefertigten Schuhe hallten von den Wänden wider. Als er die Bibliothek erreichte, traf ihn der Anblick wie ein Schlag: Zwischen den Bücherregalen lag der leblose Körper einer jungen Frau am Boden. Jana Weber, eine seiner Vorzeige-Schülerinnen.

"Herr Müller, haben Sie irgendetwas angefasst?", fragte Koch scharf. Der Hausmeister stand wie versteinert am Eingang, schüttelte stumm den Kopf.

Die Szene hatte etwas verstörend Inszeniertes. Schwarze Federn lagen in einem perfekten Kreis um den Körper verstreut. Janas Smartphone war säuberlich auf dem massiven Eichentisch platziert, der Bildschirm nach oben gerichtet. Kein Stuhl war umgeworfen, keine Spuren eines Kampfes zu sehen.

"Rufen Sie sofort den Sicherheitsdienst", befahl Koch. "Die Bibliothek wird abgeriegelt. Niemand betritt den Raum." Seine Gedanken rasten. Das durfte nicht sein, nicht hier, nicht in Rabenstein.

Durch das immer noch offene Fenster drang das Krächzen der Raben. Koch ging zum Fenster und schloss es mit einem energischen Ruck. Sein Blick fiel auf den Innenhof, wo die ersten Schüler bereits zum Frühstück eilten. Ahnungslos. Noch.

Er zog sein Mobiltelefon hervor und wählte eine Nummer, die nicht im offiziellen Verzeichnis des Internats stand. "Hartmann? Kommen Sie sofort in die Bibliothek. Diskret. Wir haben einen Vorfall."

Während er wartete, musterte er den Raum genauer. Die schwarzen Federn - ein deutliches Zeichen. Die "Raben" waren wieder aktiv. Nach all den Jahren. Seine Hand verkrampfte sich um das Telefon.

Dr. Elena Hartmann, die Schulpsychologin, erschien wenige Minuten später. Ihr sonst so perfekt sitzendes Kostüm wirkte hastig übergeworfen. "Mein Gott", entfuhr es ihr beim Anblick der Szenerie.

"Wir müssen das unter Kontrolle bringen", sagte Koch leise. "Bevor die Polizei eintrifft. Sie wissen, was auf dem Spiel steht."

Hartmann nickte knapp. Sie beide kannten die Geschichte der "Raben", diese dunkle Tradition, die sich wie ein Schatten durch die Jahrhunderte zog. Und sie beide wussten, dass dies erst der Anfang war.

Die ersten Sonnenstrahlen fielen durch die hohen Fenster, ließen die schwarzen Federn am Boden schimmern wie Obsidian. Das Morgenlicht enthüllte weitere Details: Ein aufgeschlagenes Buch auf dem Tisch, daneben ein einzelner Handschuh. Und etwas, das aussah wie eine Nachricht, in perfekter Handschrift.

Koch trat näher, las die Worte: "Das Echo kehrt zurück."

Draußen vor der Tür wurden erste Stimmen laut. Der Tag begann im Internat Rabenstein, und mit ihm eine Lawine von Ereignissen, die niemand mehr aufhalten konnte.

"Sperren Sie den gesamten Ostflügel", wies Koch den inzwischen eingetroffenen Sicherheitsdienst an. "Der offizielle Grund ist ein Wasserrohrbruch. Hartmann, Sie kümmern sich um die Krisenintervention. Sobald sich das herumspricht, brauchen wir jeden verfügbaren Psychologen."

Seine äußere Ruhe war perfekt einstudiert, das Ergebnis jahrzehntelanger Übung. Doch in seinem Inneren wusste er: Dies war kein gewöhnlicher Suizid. Die Inszenierung, die Federn, die Nachricht - alles deutete auf ein düsteres Ritual hin, das er längst für überwunden gehalten hatte.

Erste Polizeisirenen heulten in der Ferne. Koch warf einen letzten Blick auf die gespenstische Szenerie. Die Morgensonne malte lange Schatten durch die Bibliothek, ließ die schwarzen Federn wie kleine Seen aus Dunkelheit erscheinen.

"Es beginnt wieder", flüsterte Hartmann neben ihm.

Koch nickte stumm. Die "Raben" waren zurück. Und diesmal würde es nicht bei einem Opfer bleiben.

Erste Untersuchungen

Der Schnee fiel noch immer in dichten Flocken, als die Spurensicherung ihre Arbeit in der Bibliothek aufnahm. Die weißen Overalls der Techniker bildeten einen surrealen Kontrast zu den dunklen Holzregalen. Kriminaloberkommissar Viktor Thalheim beobachtete, wie seine Kollegen methodisch den Raum dokumentierten.

"Die Wassertemperatur lag bei zwei Grad", berichtete Dr. Martinez von der Rechtsmedizin. Sie kniete neben der Leiche, die nun in einer schwarzen Folie gehüllt war. "Der Tod muss zwischen ein und drei Uhr nachts eingetreten sein. Und sehen Sie hier..." Sie deutete auf mehrere kleine Einstichstellen am Hals des Opfers.

Thalheim ging in die Hocke. "Injektionen?"

"Definitiv. Die genaue Substanz wird das Labor klären müssen." Martinez deutete auf einen kreisförmigen Abdruck neben den Einstichstellen. "Das könnte von einem Ring stammen."

Die schwarzen Federn um den Fundort zogen Thalheims Aufmerksamkeit auf sich. Die Spurensicherung fotografierte und dokumentierte jede einzelne. Ihre perfekte kreisförmige Anordnung schien fast rituell.

Draußen vor der Bibliothek hatte sich trotz der frühen Stunde eine Gruppe Schüler versammelt. Die meisten wirkten verstört, einige weinten. Nur ein Mädchen mit eisigem Blick stand regungslos da. Sophia Berger, wie er später erfuhr.

Dr. Koch erwartete sie in seinem Büro. Der korpulente Mann wirkte fahrig, seine Hände zitterten leicht, als er den Beamten Kaffee anbot.

"Ein tragischer Unfall", begann er. "Jana war eine ausgezeichnete Schülerin..."

"Lassen Sie uns die Einordnung den Ermittlungen überlassen", unterbrach Thalheim kühl. "Was können Sie
mir über die 'Raben' sagen?"

Koch erstarrte für einen Moment. "Eine harmlose Schü-
lerverbindung. Traditionell künstlerisch orientiert."

Das Telefon auf Thalheims Schreibtisch klingelte. Das
Labor. Er hörte aufmerksam zu, während sein Blick auf
Dr. Koch ruhte. Als er auflegte, herrschte Stille im
Raum.

"Die Toxikologie ist da", sagte er schließlich. "Sie haben
Ketamin im Blut gefunden. Ein verschreibungspflichti-
ges Narkosemittel." Er beobachtete Koch genau. "Wer
hat hier Zugang zu solchen Medikamenten?"

In diesem Moment klopfte es, und Dr. Claudia Weber
trat ein. Die Schulärztin trug ihren typischen weißen
Kittel, doch ihre Augen waren gerötet vom Weinen. Als
Mutter des Opfers hätte sie eigentlich gar nicht im
Dienst sein dürfen.

"Die Krankenstation ist versiegelt", sagte Thalheim zu
ihr. "Wir müssen den Medikamentenbestand überprüfen."

Dr. Weber nickte mechanisch. "Natürlich. Ich... ich habe
die Zugangsprotokolle dabei." Ihre Hände zitterten, als
sie einen Ordner auf den Tisch legte.

Die ersten Befragungen der Schüler brachten wenig.
Niemand hatte etwas gesehen oder gehört. Zu perfekt
einstudiert, dachte Thalheim. Als hätten sie alle das
gleiche Skript gelernt.

Besonders das Gespräch mit Emma Schneider blieb ihm im Gedächtnis. Das schüchterne Mädchen mit der dicken Brille hatte gezittert, während sie sprach. Aber ihre Augen... In ihnen lag etwas Berechnendes.

"Jana war... nett zu mir", hatte sie gesagt. Eine offensichtliche Lüge.

Später am Nachmittag kam der detaillierte Bericht der Spurensicherung. Unter den Fingernägeln des Opfers hatten sie Hautpartikel gefunden. Und etwas anderes: mikroskopisch kleine Fasern eines sehr speziellen schwarzen Stoffes.

Thalheim stand am Fenster seines provisorischen Büros und blickte über das verschneite Gelände. Die Raben hatten sich auf dem alten Turm versammelt, eine schwarze Krone gegen den grauen Winterhimmel.

Er griff zum Telefon und wählte eine Nummer in der Zentrale. "Verbinden Sie mich mit Sarah Reichert von der Sonderkommission Jugendkriminalität." Er wartete. "Frau Reichert? Hier ist Thalheim. Wir haben einen Fall, der Sie interessieren könnte. Es geht um Ihre alte Schule... Rabenstein."

Eine lange Pause am anderen Ende. Dann: "War es in der Bibliothek?"

Thalheim erstarrte. "Woher...?"

"Ich komme sofort." Ihre Stimme klang angespannt. "Wurde ein Ring gefunden?"

"Nein. Aber ein Abdruck davon."

"Dann hat es wieder begonnen", sagte sie leise. "Nach zwanzig Jahren."

14

Kapitel 2: Rückkehr nach Rabenstein

Sarah betritt das Internat

Der eisige Januarwind zerrte an Sarah Reicherts Mantel, als sie vor dem schmiedeeisernen Tor des Internats Rabenstein stand. Zwanzig Jahre. So lange hatte sie diesen Moment hinausgezögert. Die verschnörkelte Aufschrift "Rabenstein" über dem Tor warf denselben geschwungenen Schatten wie damals.

Sie holte tief Luft und trat durch das Tor. Sofort fiel ihr die neue Überwachungskamera auf, diskret in den gotischen Verzierungen versteckt. Modern und alt, Kontrolle und Tradition – typisch Rabenstein. Ihre Schritte knirschten im Schnee, als sie den gewundenen Pfad zum Hauptgebäude nahm.

Weitere Kameras, geschickt getarnt zwischen Efeu und Steinornamenten. Das alte Gemäuer hatte sich gewappnet. Aber gegen was? Oder wen?

Im Foyer erwartete sie bereits Alexander Koch, der Internatsleiter. Seine Haltung war steif, das Lächeln aufgesetzt. "Kommissarin Reichert. Willkommen zurück in Rabenstein." Er streckte ihr die Hand entgegen. Seine Finger waren kalt.

"Oberkommissarin", korrigierte Sarah automatisch. Sie kannte Koch noch aus ihrer Schulzeit, damals war er stellvertretender Direktor gewesen. Seine Augen hatten nichts von ihrer berechnenden Schärfe verloren.

"Natürlich, verzeihen Sie. Kommissar Thalheim erwartet Sie bereits. Aber zunächst möchte ich Ihnen Dr. Hartmann vorstellen, unseren Kunstlehrer." Koch deutete auf einen hochgewachsenen Mann, der gerade die breite Marmortreppe herunterkam.

15

Michael Hartmann war das Gegenteil von Koch – lässig, charmant, mit einem warmen Lächeln. "Ah, die berühmte Sarah Reichert. Die Schülerin, die zur Ermittlerin wurde." Er musterte sie interessiert. "Ihre Rückkehr sorgt für... Gesprächsstoff."

Sarah bemerkte die unterschwellige Warnung in seinen Worten. Die Schüler, die im Foyer standen, beobachteten sie unverhohlen. Die Nachricht ihrer Ankunft hatte sich offenbar schnell verbreitet.

"Dr. Hartmann betreut unsere Kunstgruppen", erklärte Koch. "Auch die Raben."

Sarah ließ sich nichts anmerken, aber der Name traf sie wie ein Schlag. Die Raben. Marie. Nein, nicht jetzt.

"Ihr Büro ist im Westflügel eingerichtet", fuhr Koch fort. "Zusammen mit Kommissar Thalheim."

Der Weg dorthin war ein Gang durch die Vergangenheit. Dieselben hohen Fenster, durch die das Winterlicht fiel. Dieselben dunklen Holzvertäfelungen. Sogar der Geruch war unverändert – Bohnerwachs, alte Bücher und dahinter etwas Moderiges.

Thalheim erwartete sie bereits. Seine kantigen Gesichtszüge wurden von der Nachmittagssonne in scharfe Kontraste getaucht. "Reichert. Gut, dass Sie da sind."

"Was haben Sie bisher?"

Er breitete Fotos auf dem Schreibtisch aus. "Jana Weber, 17. Tod in der Bibliothek. Ketamin im Blut. Schwarze Federn, kreisförmig angeordnet."

Sarah starrte auf die Bilder. Die Bibliothek hatte sich nicht verändert. Dieselben hohen Regale. Dieselben gotischen Fenster.

"Sie kannten das Opfer?", fragte Thalheim.

"Nein." Sarah wandte den Blick nicht von den Fotos ab. "Aber ich kannte ihre Mutter. Dr. Weber war schon zu meiner Zeit hier Schulärztin."

"Und die Raben? Koch erwähnte, Sie hätten... Erfahrung mit der Gruppe."

Sarah trat ans Fenster. Draußen kreisten schwarze Gestalten um den alten Turm. "Die Raben sind mehr als nur eine Schülergruppe. Sie sind das Herz von Rabenstein. Seine dunkle Seele." Sie drehte sich zu Thalheim um. "Und sie hüten Geheimnisse, für die Menschen sterben."

"Wie Ihre Freundin Marie?"

Sarah erstarrte. Natürlich hatte er ihre Akte gelesen. "Das war vor zwanzig Jahren."

"Mit erschreckend ähnlichen Details." Er schob ihr ein weiteres Foto zu. "Auch damals schwarze Federn. Auch damals ein Ring-Abdruck."

Draußen verdunkelte sich der Himmel. Die Raben zogen engere Kreise um den Turm.

"Geschichte wiederholt sich nicht", sagte Sarah leise. "Sie rächt sich."

Alte Erinnerungen

Sarah stand im verlassenen Korridor des Westflügels. Die Mittagssonne warf lange Schatten durch die Bleiglasfenster, ein vertrautes Muster auf dem polierten Holzboden. Zwanzig Jahre, und doch war alles wie damals. Selbst der leichte Geruch nach Bohnerwachs und altem Holz.

Ihre Finger strichen über die Wandvertäfelung, bis sie die kleine Kerbe fand. "M+S" - Marie und Sarah, eingeritzt in einer längst vergangenen Nacht. Marie hatte gelacht, während Sarah nervös Wache hielt.

"Miss Reichert?"

Sarah zuckte zusammen. Diese Stimme kannte sie. Frau Dr. Schelling, ihre alte Deutschlehrerin, stand am Ende des Ganges. Noch immer die gleiche strenge Haltung, das gleiche akkurat geschnittene graue Haar.

"Guten Tag, Frau Dr. Schelling."

"Nach all den Jahren." Die alte Dame musterte sie. "Sie sind also zurückgekommen."

"Nicht freiwillig."

"Das dachte ich mir." Dr. Schelling deutete auf eine Tür. "Mein Büro ist noch immer dasselbe. Kommen Sie."

Das Büro war ein Zeitkapsel. Dieselben Bücherregale, derselbe schwere Schreibtisch. Sarah's Blick fiel auf die Fotowand dahinter. Jahrgänge über Jahrgänge, perfekt arrangiert.

"Sie suchen sich selbst?", fragte Dr. Schelling und trat neben sie.

"Nein." Sarah deutete auf ein Foto von 2004. "Die Raben. Das war unser Jahr."

Acht Schüler in schwarzen Blazern, darunter Marie mit ihrem strahlenden Lächeln. Sarah selbst stand am Rand, bereits damals mit diesem wachsamen Blick. Und zwischen ihnen, jung und ambitioniert: Alexander Koch.

"Es war eine schwere Zeit nach Maries Tod", sagte Dr. Schelling leise.

"War es wirklich Selbstmord?"

Die alte Lehrerin schwieg lange. "Sie waren dabei, Sarah. Sie müssten es wissen."

"Ich weiß nur, was man mir später erzählte." Sarah wandte sich um. "Was ich angeblich ausgesagt habe."

"Die Raben existieren noch immer", wechselte Dr. Schelling das Thema. "Andere Namen, gleiche Regeln."

"Gleiche Geheimnisse?"

"Vorsicht, Sarah." Dr. Schellings Stimme wurde scharf. "Manche Türen sollten geschlossen bleiben."

Sarah verließ das Büro mit einer Kopie des alten Fotos. Ihre Schritte führten sie automatisch zur Bibliothek. Der Tatort war noch immer abgesperrt, aber durch die offene Tür sah sie den Ort, wo Jana Weber gefunden wurde.

Erinnerungen überfluteten sie. Marie, die nachts hier lernte. Die geheimen Treffen der Raben zwischen den Regalen. Das alte Buch mit den verschlüsselten Botschaften...

Sie ging zum Archiv, zog die schwere Tür auf. Der modrige Geruch alter Dokumente schlug ihr entgegen. Ihre Taschenlampe streifte über die Regale, bis sie fand, wonach sie suchte: Jahrbücher.

2004 war in rotes Leder gebunden. Sie schlug es auf, blätterte durch die Seiten. Klassenfotos, Sportmannschaften, die Raben... Sie stutzte. Auf der Rückseite des Rabenfotos war etwas in Maries charakteristischer Handschrift notiert:

"Die Wahrheit liegt im zwanzigsten Winter. Folge den schwarzen Federn."

Sarah starrte auf die Worte. Zwanzig Jahre. Jana Weber war nicht die Erste, und wenn sie nicht handelte, würde sie nicht die Letzte sein.

Ihr Handy vibrierte. Eine Nachricht von Thalheim: "Sophia Berger wartet auf uns. Erste Befragung in zehn Minuten."

Sarah steckte das Foto ein und verließ das Archiv. Die Schatten im Gang waren länger geworden, und irgendwo in der Ferne läutete die alte Schulglocke. Genau wie damals, als sie Marie zum letzten Mal lebend gesehen hatte.

Die Geschichte wiederholte sich. Aber diesmal würde sie das Ende ändern.

Das erste Verhör

Der Verhörraum war eigentlich das alte Musikzimmer. Sarah beobachtete, wie Sophia Berger den Raum betrat - aufrechte Haltung, makellose Schuluniform, der schwarze Blazer mit dem dezenten Rabenabzeichen am Revers. Ihre Gelassenheit war bemerkenswert für eine Siebzehnjährige, deren Mitschülerin gerade ermordet aufgefunden wurde.

"Setzen Sie sich, Sophia", sagte Thalheim und deutete auf den Stuhl. Sarah lehnte am Fenster, bewusst im Hintergrund. Von hier konnte sie sowohl Sophia als auch den Flur durch die Glastür beobachten.

"Jana und ich waren keine engen Freundinnen", begann Sophia, bevor überhaupt eine Frage gestellt wurde. Ihre Stimme klang fest, kontrolliert. "Wir hatten unterschiedliche Ansichten über die Tradition der Raben."

"Welche Ansichten?", fragte Thalheim.

"Jana wollte Veränderungen. Sie verstand nicht, dass manche Traditionen geschützt werden müssen." Sophia glättete einen nicht vorhandenen Falter in ihrem Rock. "Sie war... impulsiv."

Sarah bemerkte Dr. Hartmann, der "zufällig" den Flur entlang ging und kurz innehielt. Sein Blick traf den von Sophia für den Bruchteil einer Sekunde.

"Wo waren Sie in der Nacht von Janas Tod?", fragte Thalheim.

"In meinem Zimmer. Emma Schneider kann das bestätigen."

"Die ganze Nacht?"

Ein kaum merkliches Zögern. "Natürlich. Nach 22 Uhr ist Ausgangssperre."

Sarah trat vor. "Interessant. Die Überwachungskameras zeigen um 23:15 Bewegung im Ostflügel."

Sophia blieb äußerlich ruhig, aber ihre Finger verkrampften sich leicht. "Jana hatte einen USB-Stick", sagte sie plötzlich. "Sie prahlte damit, dass darauf Dinge wären, die alles verändern würden."

"Wo ist dieser Stick jetzt?", hakte Thalheim nach.

"Keine Ahnung. Vielleicht in ihrem Zimmer?" Sophia zuckte mit den Schultern. "Jana war in letzter Zeit... paranoid. Sie versteckte Dinge."

Sarah bemerkte das subtile Ablenkungsmanöver. "Sie erwähnten Traditionen, die geschützt werden müssen. Welche genau?"

"Die Raben sind eine Kunstgruppe, mehr nicht." Sophias Lächeln wurde kühl. "Sie müssten das doch wissen, Frau Reichert. Sie waren selbst eine von uns. Vor Maries... Unfall."

Die Provokation war geschickt platziert. Sarah ließ sich nichts anmerken. "Die Kunstgruppe trifft sich auch nachts in der Bibliothek?"

Wieder dieses kaum merkliche Zögern. "Nein, natürlich nicht."

"Seltsam. Die Putzfrau berichtet von regelmäßigen nächtlichen Aktivitäten dort."

Sophia stand auf. "Wenn Sie keine konkreten Vorwürfe haben, würde ich gerne gehen. Ich habe Unterricht."

Als sie den Raum verließ, wartete Dr. Hartmann "zufällig" am Ende des Ganges.

"Sie lügt", sagte Thalheim.

"Ja", erwiderte Sarah. "Aber das Interessante ist, worüber sie lügt. Der USB-Stick ist eine Ablenkung. Sie will, dass wir danach suchen."

"Und wonach sollten wir stattdessen suchen?"

Sarah blickte aus dem Fenster. Die Raben kreisten wieder um den Turm. "Nach dem wahren Machtkampf. Jana war nicht nur paranoid - sie war eine Bedrohung. Für das System."

"Welches System?"

"Das werden wir herausfinden." Sarah wandte sich zu ihm um. "Aber eines ist klar: Sophia Berger steht nicht an der Spitze der Hierarchie. Sie ist ein Werkzeug. Die Frage ist: Wessen?"

Kapitel 3: Die sieben Raben

Die aktuelle Gruppe

Der alte Turm von Rabenstein warf seinen langen Schatten über den verschneiten Innenhof. Sarah stand am Fenster ihres Büros und beobachtete, wie die sechs verbliebenen Rabenmitglieder sich auf ihrem Weg zum exklusiven Turmzimmer trafen. Ihre schwarzen Uniformen hoben sich scharf gegen den weißen Schnee ab.

"Die Akten sind vollständig", sagte Thalheim und breitete sechs Mappen auf dem schweren Eichentisch aus. Der Geruch nach altem Holz und Archivstaub erfüllte den Raum.

Im Turmzimmer, dem traditionellen Refugium der Raben seit Generationen, nahmen sie ihre angestammten Plätze ein. Sarah hatte über die versteckte Überwachungskamera einen perfekten Blick auf die Szene.

Sophia Berger thronte im hochlehnigen Sessel am Kamin - Janas alter Platz. Ihre manikürten Finger trommelten ungeduldig auf der Armlehne, während sie Marcus von Feldheim einen bedeutungsvollen Blick zuwarf. Der Aristokratensohn saß zu ihrer Rechten, seine Haltung bewusst lässig. Die goldene Uhr an seinem Handgelenk blitzte im Kaminlicht.

"Die Feldheims haben nicht nur den Westflügel renoviert", erklärte Sarah. "Sie besitzen auch Aktien der Schule. Marcus' Position ist mehr als nur symbolisch."

Zu Sophias Linken hatte Lucas Wagner Platz genommen, der Diplomatensohn. Er machte sich wie immer Notizen in sein schwarzes Buch, während sein Blick wachsam zwischen den anderen hin und her wanderte.

Seine mehrsprachige Erziehung machte ihn zum perfekten Vermittler - und zum gefährlichen Strippenzieher.

Victoria Chen stand an der hohen Bogenfenster, den Blick nach draußen gerichtet. Ihre künstlerische Sensibilität zeigte sich in jeder Bewegung. An der Wand hing eines ihrer düsteren Rabengemälde - ein Geschenk an Jana, wie Sarah wusste. Victorias Beziehung zu der Toten war komplizierter gewesen, als sie zugab.

Alexander Kraft lehnte an der Wand, scheinbar entspannt. Der Basketballstar war der einzige, der seine Uniform leger trug. Seine Popularität machte ihn unangreifbar - nach außen hin. Aber Sarah hatte die blauen Flecken an seinen Handgelenken bemerkt. Spuren eines Kampfes?

Am weitesten vom Kamin entfernt kauerte Emma Schneider, die Stipendiatin. Ihre nervösen Blicke zur Tür verrieten ihre Außenseiterposition. Die dicke Brille beschlug vom heißen Tee, den sie wie einen Schutzschild vor sich hielt.

"Die Privilegien der Raben gehen weit über das Turmzimmer hinaus", sagte Sarah zu Thalheim. "Eigene Schlüssel, verlängerte Ausgangszeiten, Zugang zu allen Räumen. Die perfekte Tarnung für ihre wahren Aktivitäten."

Sie beobachtete, wie Sophia aufstand und einen Brief verteilte. Die anderen lasen schweigend, nur Emma zitterten die Hände.

"Sie führen Buch über jeden hier", fuhr Sarah fort. "Schüler, Lehrer, Personal - jedes Geheimnis wird dokumentiert und archiviert. Lucas' Notizbuch ist nur die Spitze des Eisbergs."

"Woher wissen Sie das?"

Sarah deutete auf die moderne Überwachungskamera in der Ecke des Turmzimmers. "Die Technik macht es ihnen leichter als früher. Aber die Methoden sind die gleichen geblieben. Erst locken sie dich mit Privilegien, dann erpressen sie dich mit deinen eigenen Geheimnissen."

Im Turmzimmer war Bewegung entstanden. Victoria hatte sich von ihrem Platz am Fenster gelöst und war zu Emma getreten. Ihre geflüsterte Unterhaltung war eindeutig eine Drohung. Emma nickte mehrmals hastig.

"Die Gruppe zerfällt", bemerkte Thalheim.

"Nein." Sarah schüttelte den Kopf. "Sie formiert sich neu. Nach Janas Tod muss jeder seine Position neu definieren. Sophia festigt ihre Macht, die anderen müssen sich entscheiden - Loyalität oder Ausschluss."

Der leere siebte Stuhl am Kamin warf einen langen Schatten. Janas Geist schien über allem zu schweben, während die verbliebenen Raben ihre Plätze in der neuen Ordnung suchten.

Die Geschichte wiederholte sich. Sarah kannte dieses Spiel, hatte es selbst durchlebt. Aber diesmal würde sie den Zyklus durchbrechen. Bevor der nächste Rabe fiel.

Der alte Turm knurrte im Winterwind, als hielte er selbst die Geheimnisse von Generationen in seinen Mauern gefangen.

Sophia's Führungsanspruch

Der Morgenunterricht war gerade zu Ende, als Sarah Sophia Berger dabei beobachtete, wie sie mit der Autorität einer geborenen Herrscherin durch die Gänge von Rabenstein schritt. Ihre perfekt sitzende Uniform und der schwarze Blazer mit dem Rabenabzeichen waren wie eine Rüstung.

"Interessant, wie schnell sie Janas Position übernommen hat", bemerkte Thalheim, der neben Sarah am Fenster stand.

"Zu schnell", erwiderte Sarah. Sie beobachtete, wie Sophia einer Gruppe jüngerer Schülerinnen bedeutete, ihr Platz zu machen. Die Mädchen wichen ehrfürchtig zurück.

In der Pause traf sich Sophia mit Dr. Hartmann im Kunstsaal. Sarah hatte sich so postiert, dass sie die Unterhaltung mitverfolgen konnte. Es ging um eine Ausstellung der Raben-Gruppe.

"Jana hätte das anders gewollt", hörte sie Victoria Chen einwerfen.

Sophias Lächeln wurde eisig. "Jana ist tot. Die Raben brauchen eine klare Führung."

Dr. Hartmann nickte nur, aber Sarah entging nicht der kurze Blickwechsel zwischen ihm und Sophia. Eine gut eingespielte Allianz.

Später am Tag konfrontierte Emma Schneider Sophia im Turmzimmer. "Du weißt, dass Jana Beweise hatte. Gegen dich."

"Beweise wofür, Emma?" Sophias Stimme troff vor falscher Süße. "Sei vorsichtig. Dein Stipendium hängt an einem sehr dünnen Faden."

Sarah machte sich Notizen:
- Sophia nutzt Erpressung zur Kontrolle
- Verbindung zu Dr. Hartmann erscheint eingespielt
- Mögliche Beweise von Jana gegen Sophia
- Emma weiß mehr, als sie zugibt

Während des Mittagessens demonstrierte Sophia ihre Macht auf subtilere Weise. Sie saß am Lehrertisch, diskutierte angeregt mit Koch über Universitätsbewerbungen. Ihr Lachen hallte durch den Speisesaal.

"Sie war schon immer ehrgeizig", sagte Dr. Schelling zu Sarah. "Aber seit Janas Tod... es ist, als hätte sie ihre letzte Zurückhaltung verloren."

Die alte Lehrerin zögerte. "Jana und sie waren einmal beste Freundinnen. Bis zum letzten Herbst. Dann änderte sich etwas."

Sarah horchte auf. "Was geschah im Herbst?"

"Jana begann, Fragen zu stellen. Über die Alumni-Vereinigung, über Finanzströme. Sie war immer schon hartnäckig, wenn sie etwas aufspürte."

Am Nachmittag eskalierte die Situation zwischen Sophia und Alexander. "Du kannst nicht einfach alle Entscheidungen alleine treffen", fuhr er sie an.

"Kann ich nicht?" Sophia lächelte kalt. "Frag doch mal deinen Vater, was er davon hält, wenn dein Basketball-Stipendium plötzlich wegfällt."

Sarah sah, wie Alexander erbleichte. Noch eine Marionette an Sophias Fäden.

Am Abend traf sich Sophia heimlich mit Emma im Gewächshaus. Sarah hatte die Überwachungskameras entsprechend eingestellt.

"Du weißt, dass ich dich beschützen kann", sagte Sophia sanft und strich Emma über die Wange. "Du musst mir nur vertrauen."

Emma zitterte, wich aber nicht zurück. "Jana hat mir die Wahrheit gesagt. Über dich. Über alles."

"Jana ist tot", erwiderte Sophia scharf. "Und tote Mädchen erzählen keine Geschichten mehr."

Sarah hatte genug gehört. Sophia spielte ein perfektes Doppelspiel - die ehrgeizige Musterschülerin nach außen, die skrupellose Manipulatorin im Verborgenen.

"Sie macht Fehler", sagte Sarah zu Thalheim. "Sie ist zu selbstsicher, zu gierig nach Macht. Sie unterschätzt, wie viele Geheimnisse Jana verteilt hat, bevor sie starb."

Die Raben kreisten über dem Turm, als würden sie auf etwas warten. Sarah wusste: Sophias sorgsam konstruierte Fassade würde bald erste Risse zeigen. Die Frage war nur, wie viele weitere Opfer es bis dahin geben würde.

Das Ritual der Aufnahme

Die Kellergewölbe von Rabenstein waren ein Labyrinth aus feuchten Gängen und vergessenen Räumen. Sarah kannte sie noch aus ihrer eigenen Schulzeit. Mit einer kleinen Taschenlampe folgte sie den kaum sichtbaren Markierungen an den Wänden - alte Runen, die nur Eingeweihte kannten.

"Hier unten finden die Aufnahmerituale statt", erklärte sie Thalheim flüsternd. "Seit Generationen."

Ein dumpfer Gesang drang durch die dicken Mauern. Sarah und Thalheim bewegten sich vorsichtig in Richtung der Geräusche. Durch einen schmalen Spalt in der Wand bot sich ihnen ein erschreckendes Bild.

Der gewölbte Raum war mit Kerzen erleuchtet. In der Mitte stand ein verängstigter Erstklässler, Felix Meyer. Um ihn herum die Raben in schwarzen Roben, angeführt von Dr. Hartmann. Der Kunstlehrer trug eine aufwendig verzierte Maske mit Rabenschnabel.

"Bist du bereit, deine Seele den Raben zu überlassen?", fragte Hartmann mit verzerrter Stimme.

Felix zitterte. "Ja", flüsterte er.

Sophia trat vor, in ihren Händen ein altes Buch. "Dann beweise deine Würde. Gestehe deine dunkelste Tat."

Sarah erkannte das Ritual. Die Geständnisse waren der erste Schritt - Material für spätere Erpressung.

Felix begann zu sprechen, seine Stimme brach. Er erzählte von gestohlenen Prüfungsaufgaben, von Bestechung, von Verrat an Mitschülern.

Victoria Chen protokollierte jedes Wort in ein lederge-
bundenes Buch. Die "Chronik der Schatten" - Sarah
hatte sie selbst gesehen, vor zwanzig Jahren.

"Das Blut der Raben", intonierte Hartmann. Er zog ein
Messer hervor, dessen Klinge im Kerzenlicht glänzte.

Sarah spannte sich. Das war neu. In ihrer Zeit gab es
keine Blutrituale.

Felix schrie auf, als das Messer seine Handfläche ritzte.
Ein Tropfen Blut fiel auf das aufgeschlagene Buch.

"Das Band ist geknüpft", verkündete Hartmann. "Die
Raben werden dich führen - oder vernichten."

Sarah machte Fotos mit ihrem Handy. Die Beweise waren wichtig, aber noch wichtiger war, was als nächstes
kam.

Hartmann öffnete eine verborgene Tür in der Wand.
Dahinter lag ein kleinerer Raum, vollgestellt mit Akten-
schränken. "Hier ruht das Wissen der Generationen",
erklärte er. "Jeder Rabe fügt seine Geheimnisse hinzu."

Sarah erstarrte. Von diesem Raum hatte sie nie gewusst.

"Die Tradition reicht zurück bis 1888", fuhr Hartmann
fort. "Jeder bedeutende Absolvent von Rabenstein war
einer von uns. Minister, Richter, Industrielle - alle begannen hier, in diesem Kellergewölbe."

Sophia öffnete einen der Schränke. "Und alle bleiben
uns verpflichtet. Durch ihre eigenen Geständnisse."

Sarah hatte genug gesehen. Sie und Thalheim zogen
sich vorsichtig zurück.

"Das ist krank", flüsterte Thalheim, als sie wieder oben waren.

"Das ist Macht", korrigierte Sarah. "Eine Macht, die über die Schule hinausreicht. Die Raben schaffen sich schon früh ihr Netzwerk für die Zukunft."

Sie dachte an Marie, die sich diesem System hatte widersetzen wollen. Die auch in diesem Keller gestanden hatte, vor zwanzig Jahren.

"Wir müssen an die Akten", sagte sie zu Thalheim. "In diesen Schränken liegt die Wahrheit - über Jana, über Marie, über alles."

Die Raben kreisten über dem Turm, als sie ins Freie traten. Ihre Schatten tanzten über den verschneiten Hof wie stumme Wächter einer dunklen Tradition.

Kapitel 4: Verborgene Spuren

Die Überwachungskameras

Der Überwachungsraum von Rabenstein war ein merkwürdiger Kontrast zwischen Alt und Neu. Modernste Monitore und Server in einem gewölbten Kellerraum aus dem 19. Jahrhundert. Sarah saß vor den Bildschirmen, während der Hausmeister, Herr Müller, ihr das System erklärte.

"Dreiundzwanzig Kameras insgesamt", sagte er. "Digital, hochauflösend, mit Bewegungssensoren." Er tippte auf einen Monitor. "Aber in der Tatnacht gab es Störungen."

Sarah scrollte durch die Aufzeichnungen. 22:45 Uhr: Jana verlässt das Turmzimmer. 23:05 Uhr: Sie betritt die Bibliothek. Dann: Zwanzig Minuten Schnee auf allen Monitoren.

"Ein Systemausfall?", fragte Thalheim, der hinter ihr stand.

"Nein", sagte Sarah. "Schauen Sie hier." Sie spulte zurück. "Die Zeitstempel sind manipuliert. Jemand hat die Aufnahmen überlagert."

Sie konzentrierte sich auf die Sekunden vor dem "Ausfall". Ein kurzes Flackern in der unteren rechten Ecke. "Das ist ein professioneller Eingriff. Kein Schüler könnte das."

Herr Müller räusperte sich. "Dr. Koch hat vollen Zugriff auf das System. Und Dr. Hartmann - für seine Kunstprojekte."

Sarah notierte sich die Namen. Dann fiel ihr etwas auf. "Diese Kamera hier - Sektor 7, warum zeigt sie nur den Flur?"

"Das ist der Korridor zum Archiv", erklärte Müller. "Die Kamera im Archiv selbst wurde vor einem Monat abgeschaltet. Datenschutz, hieß es."

Sarah und Thalheim tauschten Blicke. Einen Monat vor Janas Tod.

Sie arbeiteten die ganze Nacht durch. Frame für Frame analysierten sie die Aufnahmen der Tatnacht. Um 22:30 Uhr verließ Sophia das Turmzimmer. Um 22:42 Uhr betrat Dr. Hartmann die Bibliothek. Um 22:58 Uhr huschte ein Schatten durch den Westflügel.

"Hier", sagte Sarah plötzlich. "In der Spiegelung des Fensters." Sie vergrößerte das Bild. Eine verschwommene Gestalt, die definitiv nicht Jana war.

Thalheim beugte sich vor. "Können wir das schärfer stellen?"

"Nein, aber schauen Sie auf die Größe und Haltung. Das ist ein Erwachsener."

Sie überprüften die Zugangsprotokolle zum Überwachungssystem. In den letzten Wochen gab es mehrere nächtliche Logins - alle von Dr. Kochs Account.

"Er könnte sein Passwort weitergegeben haben", wandte Thalheim ein.

"Oder jemand hat es gehackt." Sarah öffnete einen verschlüsselten Ordner. "Die Raben sind clever. Sie haben überall ihre Spione."

Ein weiteres Detail fiel ihr auf. Die Kamera am Seeufer - ihr Winkel war verändert worden. Statt des kompletten Stegs zeigte sie nur noch das Wasser.

"Wer hat die Berechtigung, die Kameras neu auszurichten?"

Müller zögerte. "Nur Dr. Koch und ich. Aber... letzte Woche bat Dr. Hartmann darum, für ein Kunstprojekt."

Sarah stand auf und ging zum Fenster. Draußen dämmerte es bereits. Die ersten Schüler überquerten den Hof zur Morgenmesse.

"Jemand hat systematisch blinde Flecken geschaffen", sagte sie. "Die Frage ist: War das Vorbereitung für Janas Tod oder Teil eines größeren Plans?"

Sie dachte an die Geständnisse im Kellergewölbe, an die Akten voller Geheimnisse. Die Überwachungskameras waren nicht nur ein Sicherheitssystem - sie waren ein Machtinstrument.

"Wir brauchen Zugang zu den gelöschten Aufnahmen", sagte sie zu Thalheim. "Und wir müssen herausfinden, wer außer Koch und Hartmann noch technisches Knowhow hat."

Die Sonne ging auf über Rabenstein. Ein neuer Tag begann, aber die Schatten der Nacht waren noch lange nicht gelüftet.

Der verschwundene USB-Stick

Sarahs Büro war in bläuliches Licht getaucht. Der IT-Forensiker Jonas Becker, den Thalheim angefordert hatte, saß vor Janas Laptop. Seine Finger flogen über die Tastatur, während Zeilen von Code über den Bildschirm liefen.

"Sie war clever", murmelte er anerkennend. "Hier sind mehrere verschlüsselte Partitionen. Und seht mal - " Er deutete auf eine Protokolldatei. "In den letzten zwei Wochen vor ihrem Tod wurden massive Datenmengen auf einen externen Speicher übertragen."

"Der USB-Stick", sagte Sarah. Sie dachte an Sophias merkwürdige Erwähnung während des Verhörs.

"Nicht nur einer." Becker scrollte durch die Logs. "Es gab mindestens drei verschiedene Geräte. Alle mit militärischer Verschlüsselung."

Thalheim pfiff leise. "Woher hatte eine Schülerin Zugang zu solcher Technologie?"

Sarah betrachtete das Foto auf Janas Schreibtisch - sie und ihr Vater, ein hochrangiger Softwareentwickler. "Sie hatte Hilfe."

Die Durchsuchung von Janas Zimmer hatte nichts ergeben. Aber in ihrem Cloud-Speicher fanden sie verschlüsselte Archive mit Dateinamen wie "Raven_Legacy" und "Alumni_Secrets".

"Die Dateien wurden mehrfach kopiert", erklärte Becker. "Sie hat Sicherungen angelegt. Clever - falls einer der Sticks verschwinden sollte."

Sarah scrollte durch Janas E-Mails. Die letzten waren verschlüsselt, aber die Metadaten zeigten Korrespondenz mit einer anonymen Adresse. Der Betreff der letzten Mail: "Insurance".

"Hier." Becker hatte etwas gefunden. "Ein automatisiertes Backup-Protokoll. Jeden Abend um 23 Uhr wurden Daten auf einen Server hochgeladen. Bis zum Tag ihres Todes."

"Können Sie die Dateien wiederherstellen?"

"Die meisten wurden remote gelöscht. Aber..." Er tippte konzentriert. "Der Löschbefehl kam von innerhalb des Schulnetzwerks. IP-Adresse... das war ein Administratoren-Account."

Sarah und Thalheim tauschten Blicke. Nur wenige hatten solche Zugriffsrechte.

In Janas Browser-Chronik fanden sie Recherchen über Verschlüsselungstechniken, aber auch über alte Schulakten und Alumnivereinigungen. Sie hatte systematisch gearbeitet, Verbindungen gesucht.

"Moment", sagte Becker plötzlich. "Hier ist etwas." Er öffnete ein verstecktes Verzeichnis. "Eine Textdatei, drei Tage vor ihrem Tod erstellt."

Der Text war kurz: "V.C. hat Zugang zum Archiv. Treffen heute 23h. Falls mir etwas zustößt - der Schlüssel liegt bei den ersten Raben."

"Victoria Chen", murmelte Sarah. "Sie wusste mehr, als sie zugab."

Ein weiterer Fund: In Janas Tablet fanden sie Fotos von alten Dokumenten. Verwackelt, hastig aufgenommen, aber erkennbar aus dem Schularchiv.

"Sie hat Beweise gesammelt", sagte Sarah. "Gegen das ganze System. Der USB-Stick war nur die Spitze des Eisbergs."

Becker arbeitete die ganze Nacht. Am Morgen hatte er erste Ergebnisse der Datenrekonstruktion. "Die gelöschten Dateien waren verschlüsselt, aber ich konnte die Namen wiederherstellen: 'Zahlungen_2004.pdf', 'Ritual_Protokolle.doc', 'Todesfälle_Chronik.xlsx'."

Sarah erstarrte. 2004 - das Jahr von Maries Tod.

"Der USB-Stick ist irgendwo hier", sagte sie zu Thalheim. "Mit allem, was Jana herausgefunden hat. Und jemand würde töten, um ihn zu finden."

Draußen graute der Morgen. Die Raben sammelten sich bereits auf dem Turm, als warteten sie auf den nächsten Akt in diesem düsteren Spiel um Macht und Geheimnisse.

Nachtaktivitäten

Die Nacht hüllte Rabenstein in tiefe Schatten. Sarah hatte sich in einem verlassenen Klassenzimmer mit Blick auf den Innenhof postiert. Es war kurz nach Mitternacht, die offizielle Ausgangssperre längst in Kraft.

Ein schwacher Lichtschein im obersten Stockwerk des Turms erregte ihre Aufmerksamkeit. Zu schwach für eine normale Beleuchtung - vermutlich Taschenlampen oder Handys. Sie aktivierte ihr Nachtsichtgerät.

"Zwei Personen im Turmzimmer", flüsterte sie in ihr Funkgerät. Thalheim, der den Westflügel observierte, bestätigte den Empfang.

Die Gestalten bewegten sich vorsichtig. Eine größere - vermutlich ein Erwachsener - und eine kleinere. Das Licht wanderte durch den Raum, blieb an den Bücherregalen hängen.

Plötzlich Bewegung im Erdgeschoss. Eine weitere Person huschte durch den Kreuzgang. Sarah erkannte die charakteristische Haltung von Victoria Chen. Sie trug etwas unter ihrem Mantel.

"Victoria bewegt sich Richtung Bibliothek", informierte sie Thalheim.

"Verstanden. Dr. Hartmann wurde gerade im Ostflügel gesichtet."

Sarah spannte sich. Das waren zu viele nächtliche Aktivitäten für einen Zufall. Sie verließ ihren Beobachtungsposten und folgte Victoria in sicherem Abstand.

Die Bibliothek lag im Dunkeln, aber durch die gotischen Fenster fiel genug Mondlicht, um die Umrisse der hohen Bücherregale zu erkennen. Victoria verschwand hinter dem Literaturbereich.

Sarah wartete einen Moment, dann schlich sie näher. Ein leises Knarren von Holz. Als sie um die Ecke bog, sah sie, wie ein Bücherregal langsam zur Seite schwang.

Ein Geheimgang. Natürlich - die alten Klostermauern mussten voller verborgener Wege sein.

Sie wartete, bis Victoria verschwunden war, dann untersuchte sie den Mechanismus. Ein bestimmtes Buch diente als Hebel. "Der Rabe" von Edgar Allan Poe. Wie passend.

"Geheimgang in der Bibliothek entdeckt", flüsterte sie ins Funkgerät. "Führt vermutlich ins Kellersystem."

Ein Rascheln ließ sie herumfahren. Lucas Wagner stand zwischen den Regalen, sein Gesicht im Mondlicht bleich.

"Sie sollten nicht hier sein", sagte er leise. "Nicht in dieser Nacht."

"Warum? Was passiert heute?"

Lucas' Blick huschte nervös zur Tür. "Die Chronik wird übergeben. Alle hundert Jahre. Wenn Sie klug sind, verschwinden Sie."

Bevor Sarah reagieren konnte, erlosch das Mondlicht. Wolken schoben sich vor den Mond. Als es wieder hell wurde, war Lucas verschwunden.

"Thalheim", flüsterte sie ins Funkgerät. "Die Situation ist größer als gedacht. Es geht um eine Art... Ritual."

Keine Antwort. Nur Rauschen.

Von oben drangen gedämpfte Stimmen durch die Lüftungsschächte. Sie konnte einzelne Worte verstehen: "Übergang... Erbe... Blut der Raben..."

Ein Schrei hallte durch das Gebäude. Kurz, abrupt abgebrochen.

Sarah rannte los, die Treppe hinauf zum Turm. Aber als sie das Turmzimmer erreichte, war es leer. Nur ein aufgeschlagenes Buch lag auf dem Tisch. Seine Seiten waren mit frischen Blutspritzern übersät.

Die Raben draußen krächzten triumphierend in der Nacht.

Kapitel 5: Das Archiv

Geheime Räume

Der Geruch von altem Papier und vergilbten Dokumenten hing schwer in der Luft, als Sarah die verstaubte Tür zum Archiv öffnete.

"Die ursprünglichen Baupläne müssten hier irgendwo sein", murmelte Thalheim und leuchtete mit seiner Taschenlampe die hohen Regale ab. Das Archiv lag im ältesten Teil des Gebäudes, tief unter der Bibliothek.

Sarah zog vorsichtig eine verstaubte Rolle hervor. "1888 - Das Jahr der Gründung." Die brüchigen Pläne zeigten ein komplexes System von Gängen und Kammern, viele davon in den offiziellen Plänen nicht verzeichnet.

"Hier." Thalheim deutete auf eine Markierung. "Ein Verbindungsgang zwischen Bibliothek und Turm. Genau wo Victoria verschwunden ist."

Sarah studierte die Zeichnungen genauer. Symbole waren in die Ränder gekritzelt - Rabenköpfe, verschlungene Initialen, mysteriöse Zahlenfolgen. Ein Name stach hervor: "Koch".

Ein Knarren ließ sie zusammenfahren. Schritte im Gang? Sie löschten die Lampen. Stille.

In der Dunkelheit tastete Sarah sich zu einem weiteren Regal. Ihre Finger fanden einen ledergebundenen Band: "Schülerverzeichnis 1888-1899". Darin, handgeschrieben, die ersten Namen der Rabengesellschaft.

"Die Familien wiederholen sich", flüsterte sie. "Koch, Feldheim, Wagner - die gleichen Namen wie heute."

Thalheim hatte einen versteckten Hebel entdeckt. Ein leises Klicken, dann schwang eine Wandtäfelung zur Seite. Dahinter ein schmaler Gang, die Wände mit verblassten Schriftzeichen bedeckt.

"Eine Art... Chronik", sagte Sarah und leuchtete die Wände ab. Ihr Blick blieb an einer Stelle hängen: "M+S, 2004" - sie und Marie Koch, für immer verewigt in den Gemäuern von Rabenstein.

Sie folgten dem Gang tiefer ins Kellersystem. An einer Kreuzung fanden sie frische Fußspuren im Staub. Jemand war kürzlich hier gewesen.

Eine weitere Kammer öffnete sich vor ihnen. Regale voller Akten, systematisch geordnet nach Jahren. Sarah zog einen Ordner heraus: "Disziplinarverfahren 2004".

Ihre Hände zitterten, als sie die Seiten durchblätterte. Dort war alles - Maries Tod, die Vertuschung, die falschen Zeugenaussagen. Dr. Koch, damals noch junger Lehrer, hatte die Untersuchung persönlich geleitet.

"Sarah." Thalheims Stimme klang angespannt. Er hatte einen neueren Ordner gefunden. "Jana hatte Zugang zu diesen Akten. Hier sind ihre Notizen."

Ein loses Blatt fiel heraus. Darauf in Janas ordentlicher Handschrift: "Die Wahrheit liegt in den Zwischenräumen. M.K. hatte Recht. Die Tunnel führen zur Wahrheit."

"Marie Koch", flüsterte Sarah. "Sie hatte es damals schon herausgefunden."

Ein metallisches Schaben ließ sie erstarren. Die Tür zum Archiv fiel ins Schloss. Schritte näherten sich durch den Gang.

"Schnell!" Sarah griff nach den wichtigsten Dokumenten. "Der Gang muss einen weiteren Ausgang haben."

Sie hasteten tiefer in das Labyrinth, während hinter ihnen Taschenlampen aufblitzten. Die Wände schienen das Echo ihrer Schritte zu verschlucken.

"Die Raben beschützen ihre Geheimnisse", hallte Dr. Hartmanns Stimme durch die Gänge. "Seit Generationen."

Sarah und Thalheim erreichten eine weitere Kammer. Moderne Server standen hier zwischen den alten Regalen. Ein digitales Archiv neben dem analogen.

"Die Gegenwart trifft die Vergangenheit", murmelte Sarah. An einem Bildschirm blinkte eine Datei: "Chronik_2023.pdf"

Die Schritte kamen näher. Zeit für Entscheidungen.

Die alten Aufzeichnungen

Der Staub tanzte im Lichtstrahl ihrer Taschenlampe, als Sarah die vergilbten Seiten der Chronik vorsichtig umblätterte. Der schwere Ledereinband fühlte sich kalt an unter ihren Fingern. Sie saß im Archiv, umgeben von jahrzehntealten Dokumenten, während draußen der Wind um den alten Turm heulte.

"Hier", murmelte sie und deutete auf eine Eintragung. "1980 bis heute - alle Mitglieder der Rabengesellschaft sind hier verzeichnet." Thalheim beugte sich über ihre Schulter, sein Atem bildete kleine Wolken in der kühlen Kellerluft.

Die Liste war akribisch geführt, jeder Name mit einem Symbol versehen. Kleine Rabenfedern, Kreuze, manchmal ein roter Punkt. Sarah überflog die Spalten, bis ihr Blick an einem bekannten Namen hängenblieb. Dr. Koch - damals noch junger Lehrer, heute Direktor. Neben seinem Namen ein verschlungenes Symbol, das sie schon auf dem Siegelring gesehen hatte.

"Die Hierarchie war streng geregelt", erklärte sie Thalheim. "Jedes Symbol steht für eine Position im inneren Kreis." Ihre Finger glitten über die Seiten, während Erinnerungen hochstiegen. "Die roten Punkte markieren diejenigen, die sich widersetzt haben."

Ein loses Blatt fiel aus der Chronik. Eine Liste von "Verfehlungen" und deren Konsequenzen. Sarah las die erste Eintragung: "Elisabeth K., 1984 - Verweigerung der Teilnahme am Ritual der sieben Raben. Konsequenz: Ausschluss." Das Wort "Ausschluss" war unterstrichen, daneben ein kleines Kreuz.

Thalheim pfiff leise durch die Zähne. "Das ist mehr als nur eine Schulchronik."

"Es ist ein Kontrollinstrument", bestätigte Sarah. "Hier wurde jeder Regelbruch dokumentiert, jede Abweichung festgehalten." Sie blätterte weiter, die Jahre zogen vorbei. 1990, 1995, dann 2004 - das Jahr, das alles veränderte.

Ihre Hände zitterten leicht, als sie die Seite aufschlug. Dort war ihr eigener Name, säuberlich eingetragen neben dem von Marie. Keine Symbole, nur ein verschlüsselter Vermerk: "R7/K3/B9".

"Was bedeutet das?", fragte Thalheim.

"Ich weiß es nicht. Aber dieselbe Codierung taucht auch bei Jana auf." Sarah griff nach einem anderen Ordner, dicker als die anderen. "Finanzberichte", stand in verschnörkelter Handschrift auf dem Rücken.

Die Seiten waren voller Überweisungsbelege, Quittungen über Bargeldübergaben, verschlüsselte Notizen über "Zuwendungen". Ein System aus Bestechung und Erpressung, das sich über Jahrzehnte erstreckte.

"Die Raben hatten Macht über ihre Mitglieder - auch lange nach dem Abschluss", murmelte Sarah. "Hier sind Zahlungen an Schweizer Konten, Überweisungen an hochrangige Absolventen..."

Ein Name stach hervor: Dr. Weber. Janas Mutter hatte regelmäßige Zahlungen erhalten, beginnend in ihrer Zeit als Schulärztin. Die letzte Überweisung datierte einen Tag vor ihrem Tod.

Thalheim leuchtete mit seiner Taschenlampe die oberen Regalreihen ab. "Hier oben sind noch mehr Ordner. Persönliche Akten, nach Jahren sortiert."

Sarah nickte. "Wir müssen alles durchsehen. In diesen Aufzeichnungen liegt der Schlüssel zu Janas Tod - und zu allem, was damals passiert ist."

Sie arbeiteten sich methodisch durch die Dokumente. Jede Akte enthüllte neue Verbindungen, zeigte das komplexe Netzwerk aus Macht und Kontrolle, das die Rabengesellschaft über Generationen aufgebaut hatte.

Ein dünner Ordner trug die Aufschrift "Zeremonien". Darin fand Sarah detaillierte Beschreibungen der Rituale, Initiationsriten, die sich seit der Gründung kaum verändert hatten. Die Symbolik der sieben Raben, die Bedeutung der Ringe, die nächtlichen Versammlungen im Turm - alles war präzise dokumentiert.

"Schau dir das an", sagte Thalheim plötzlich. Er hielt ein vergilbtes Foto hoch. Es zeigte eine Gruppe in schwarzen Roben vor dem alten Turm. Das Datum auf der Rückseite: 1984. "Elisabeth Kaufmann steht ganz links."

Ein Geräusch ließ sie zusammenfahren. Schritte im Gang? Sarah löschte hastig ihre Taschenlampe. Die Schritte kamen näher, dann ein Schlüssel im Schloss...

Ein ähnlicher Fall

Sarah starrte auf die Akte vor ihr. Elisabeth Kaufmann, 1984. Die Schwarz-Weiß-Fotografie zeigte ein lächelndes Mädchen mit langen dunklen Haaren, nicht unähnlich Jana Weber. Der Fall war damals als Unfall deklariert worden - ein tragischer Sturz vom Bibliothekssturm.

"Die Parallelen sind unübersehbar", sagte Thalheim leise. Sie hatten sich in Sarahs Büro zurückgezogen, nachdem sie dem mysteriösen Verfolger im Archiv entkommen waren. "Auch Elisabeth war eine ausgezeichnete Schülerin, beliebt, engagiert."

Sarah blätterte durch die dünne Akte. Zu dünn für einen tödlichen Unfall. "Der damalige Schulleiter, Dr. Berger, hat die Untersuchung persönlich beaufsichtigt." Sie deutete auf einen handschriftlichen Vermerk. "Genau wie Dr. Koch bei Marie..."

Sie schluckte. Die Erinnerungen an 2004 drängten sich auf, aber sie schob sie beiseite. Jetzt war nicht der Moment für persönliche Traumata.

"Hier", Thalheim zeigte auf einen Zeitungsartikel. "Elisabeth hatte kurz vor ihrem Tod ebenfalls Recherchen angestellt. In der Schulbibliothek."

Eine Liste von Zeugenaussagen, die meisten oberflächlich, standardisiert. Aber ein Name stach hervor: "Martha Kleinschmidt, damals Bibliothekarin."

"Lebt sie noch?", fragte Thalheim.

Sarah überprüfte die Daten. "Ja, sie ist vor fünf Jahren pensioniert worden. Wohnt immer noch in der Stadt."

Eine halbe Stunde später parkten sie vor einem kleinen Reihenhaus am Stadtrand. Martha Kleinschmidt öffnete nach dem zweiten Klingeln. Eine kleine, agile Frau mit wachen Augen hinter einer altmodischen Brille.

"Ich habe mich schon gefragt, wann jemand kommen würde", sagte sie, während sie Tee servierte. "Nach dem Tod der Weber-Tochter..." Sie verstummte kurz. "Die Geschichte wiederholt sich, nicht wahr?"

Sarah nickte langsam. "Erzählen Sie uns von Elisabeth Kaufmann."

Martha Kleinschmidts Hände zitterten leicht, als sie ihre Tasse absetzte. "Elisabeth war anders als die anderen Raben. Sie hat Fragen gestellt. Nach alten Dokumenten gesucht, in den Archiven gestöbert."

"Was hat sie gefunden?", fragte Thalheim.

"Das weiß ich nicht genau. Aber am Tag vor ihrem Tod kam Professor von Falkenhorst in die Bibliothek. Er war damals der Kunstlehrer und ein strenger Verfechter der alten Traditionen." Sie machte eine Pause. "Er und Elisabeth stritten sich. Über irgendwelche Dokumente, die sie gefunden hatte."

"Und Dr. Berger hat alles vertuscht", schlussfolgerte Sarah.

"Das ganze System hat es vertuscht", korrigierte Martha. "Die Verwaltung, der Schulrat, sogar die Polizei. Ich habe damals ausgesagt, was ich gesehen hatte - den Streit, Elisabeths Angst. Aber meine Aussage erschien nie im offiziellen Bericht."

Sarah spürte, wie sich ihr Magen zusammenzog. Genau wie bei Marie. Genau wie jetzt bei Jana.

"Elisabeth hatte einen Mitstreiter", fuhr Martha fort. "Thomas Wagner. Er war auch in der Rabengesellschaft, hat ihr geholfen bei den Recherchen. Nach ihrem Tod ist er von der Schule verschwunden. Seine Familie hat ihn ins Ausland geschickt - offiziell wegen des Traumas."

Thalheim notierte den Namen. "Können wir ihn finden?"

Martha zuckte die Schultern. "Das letzte, was ich hörte, war, dass er in der Schweiz lebt. Aber das ist Jahre her."

Als sie später zum Auto zurückgingen, war die Dämmerung bereits hereingebrochen. Sarah fröstelte, und es lag nicht nur an der kühlen Abendluft.

"Drei Fälle", sagte sie leise. "Elisabeth, Marie, Jana. Alle haben etwas entdeckt. Alle wurden zum Schweigen gebracht."

"Und das System dahinter besteht weiter", ergänzte Thalheim. "Von Falkenhorst zu Koch, von einer Generation zur nächsten."

Sarah startete den Motor. "Wir müssen Thomas Wagner finden. Er ist der einzige überlebende Zeuge aus der Zeit."

Ihr Handy vibrierte. Eine Nachricht von Emma: "Habe etwas im digitalen Archiv gefunden. Es geht um Elisabeth K. und eine Zahlung von 1984. Du solltest dir das ansehen."

Sarah starrte auf die Nachricht. Das Puzzle begann sich zusammenzusetzen, aber das Bild, das sich abzeichnete, war dunkler als erwartet.

Sie waren bereits auf dem Rückweg zum Präsidium, als Thalheim plötzlich die Luft scharf einzog. "Sarah, sieh mal." Er deutete auf einen Zeitungsausschnitt in der Akte. "Das Datum von Elisabeths Tod - genau zwanzig Jahre vor Marie."

Sarah spürte, wie sich ihre Hände um das Lenkrad verkrampften. Ein Muster, das sie nicht hatte sehen wollen. Drei Tode, jeweils zwanzig Jahre auseinander. Was bedeutete das für die Zukunft?

Die Schatten der Vergangenheit wurden länger, und irgendwo in den dunklen Gängen von Rabenstein warteten noch mehr Geheimnisse darauf, entdeckt zu werden.

Kapitel 6: Erste Risse

Emma bricht ihr Schweigen

Der Kunstunterricht war fast zu Ende, als es passierte. Emma Schneider stand vor ihrer Staffelei, der Pinsel zitterte in ihrer Hand. Dr. Hartmann hatte gerade ihre Arbeit kritisiert - wie üblich mit diesem süffisanten Lächeln, das nur sie zu sehen schien.

"Das Motiv ist zu düster, Fräulein Schneider", hatte er gesagt. "Obwohl... vielleicht spiegelt es ja Ihre innere Verfassung wider?"

Die anderen Schüler kicherten. Nur Sophia Berger schwieg, ihr kalter Blick auf Emma gerichtet.

Das Rabenmotiv auf Emmas Leinwand verschwamm vor ihren Augen. Schwarze Federn, die wie Messer fielen. Sie spürte, wie ihre Beine nachgaben. Der Pinsel fiel klirrend zu Boden.

Wenig später saß sie in Sarahs Büro, eine Tasse heißen Tee vor sich. Ihre Hände zitterten noch immer.

"Es war nicht nur der Unterricht, oder?", fragte Sarah sanft. Sie hatte den Zusammenbruch zum Anlass genommen, Emma aus dem Kunstsaal zu holen.

Emma schüttelte den Kopf. Tränen tropften auf ihre Brille. "Es... es fing schon vor Monaten an. Als Jana noch..." Ihre Stimme brach.

"Erzähl mir davon", sagte Sarah und schob ihr die Taschentücher näher.

"Sie haben ein System", flüsterte Emma. "Die Raben. Sie wissen alles über jeden. Und wenn du nicht spurst..." Sie verstummte, ihre Finger verkrampften sich um die Teetasse.

"Was ist mit Jana passiert? Zwei Tage vor ihrem Tod?"

Emma zuckte zusammen. "Woher wissen Sie...?"

"Die Bibliothek hat ein Zugangssystem. Du und Jana wart die letzten dort."

"Jana hatte... sie hatte Beweise gefunden. Auf einem USB-Stick." Emma wischte sich über die Augen. "Dr. Hartmann hat sie damit konfrontiert. Er war so wütend... Ich hab mich hinter den Regalen versteckt."

Sarah lehnte sich vor. "Was für Beweise?"

"Listen. Fotos. Alte Berichte über..." Emma stockte. "Über andere Todesfälle. Und aktuelle Kontoauszüge. Jana sagte, sie hätte endlich den Beweis für das System."

"Und dann?"

"Dr. Hartmann hat gedroht, sie von der Schule zu werfen. Ihre Mutter zu ruinieren. Aber Jana lachte nur und sagte, er sei nicht der Einzige, der Geheimnisse habe."

Sarah spürte, wie sich ihr Magen zusammenzog. Die Situation kam ihr schmerzlich bekannt vor.

"Die Raben haben ihre eigenen Gesetze", fuhr Emma fort. "Wer sich widersetzt..." Sie zog ihren Ärmel hoch. Dunkle Blutergüsse zeichneten sich auf ihrer blassen Haut ab.

"Wer hat dir das angetan?"

"Das spielt keine Rolle. Es gehört zum System. Wie bei Marie Koch."

Sarah erstarrte. "Woher weißt du von Marie?"

"Jana hat es mir erzählt. Sie hatte auch ihre Akte gefunden. Sie sagte..." Emma senkte die Stimme noch mehr. "Sie sagte, die Geschichte würde sich alle zwanzig Jahre wiederholen. Und sie wollte den Kreis durchbrechen."

In diesem Moment klopfte es. Dr. Hartmann stand in der Tür, sein Lächeln eine perfekte Maske der Besorgnis.

"Ah, hier ist ja unsere kleine Künstlerin", sagte er samtig. "Geht es dir besser, Emma?"

Emma erstarrte wie ein verschrecktes Tier. Sarah konnte förmlich spüren, wie sich ihre gerade gewonnene Offenheit in Panik verwandelte.

"Emma ist noch nicht vernehmungsfähig", sagte sie kühl. "Sie braucht Ruhe."

"Natürlich, natürlich." Hartmann nickte verständnisvoll. "Aber vergiss nicht, Emma - wir haben morgen die Präsentation der Jahresarbeiten. Deine Anwesenheit ist... obligatorisch."

Als er gegangen war, zitterte Emma am ganzen Körper. "Ich kann nicht", flüsterte sie. "Die Präsentation... sie werden..."

"Sie werden gar nichts", unterbrach Sarah fest. "Du stehst unter Polizeischutz."

Aber als Emma gegangen war, nagte der Zweifel an ihr. Konnte sie dieses Versprechen wirklich halten? Das System hatte schon einmal gewonnen. Bei Marie. Bei Jana.

Sie griff nach ihrem Telefon. "Thalheim? Wir brauchen 24-Stunden-Überwachung für Emma Schneider. Und... überprüfen Sie alle Kunstpräsentationen der letzten zwanzig Jahre. Besonders die, die nie stattgefunden haben."

Die Raben draußen krächzten, als hätten sie ihre Worte gehört. Der Kampf hatte gerade erst begonnen.

Des Kunstlehrer's Alibi

Die Kunstgalerie "Moderne Perspektiven" lag in der Altstadt, ein schlichter Backsteinbau zwischen Jugendstilvillen. Sarah betrachtete die Einladungskarte zur Vernissage, die Dr. Hartmann als sein Alibi vorgelegt hatte. "Zeitgenössische Interpretationen klassischer Motive" - ausgerechnet Rabenbilder.

"Dr. Hartmann war den ganzen Abend hier", bestätigte die Galeristin, eine elegante Frau mittleren Alters. "Er hat sogar eine kleine Ansprache gehalten."

Sarah blätterte durch die Fotos der Veranstaltung. Hartmann im Gespräch mit Kunstkennern, Hartmann vor einem großen schwarzen Gemälde, Hartmann mit einem Champagnerglas. Die Zeitstempel zeigten 20:15 Uhr, 21:45 Uhr, 23:30 Uhr.

"Zwischen den Fotos liegen große Lücken", bemerkte Thalheim, der über ihre Schulter schaute.

"Oh, er musste zwischendurch telefonieren", sagte die Galeristin. "Schulische Angelegenheiten, meinte er."

Sarah notierte sich die Zeiten. Eine Stunde und dreißig Minuten zwischen den ersten beiden Fotos. Genug Zeit, um zum Internat zu fahren und zurück.

Auf dem Rückweg zum Präsidium klingelte ihr Handy. Emma. "Sie müssen etwas sehen", flüsterte sie hastig. "In Dr. Hartmanns Büro... ich habe Fotos gemacht."

Zwanzig Minuten später saßen sie in Sarahs Büro. Emma zeigte ihr die Bilder auf ihrem Handy: Ein aufgeschlagenes Notizbuch, darin Liste mit Namen und Daten. Daneben Zeiten und Orte für private "Kunststunden".

"Er trifft sich mit einzelnen Raben", erklärte Emma. "Immer nachts, immer allein. Jana hat mir davon erzählt, kurz bevor..." Sie verstummte.

Sarah studierte die Liste. Die Treffen fanden in unterschiedlichen Räumen statt - Kunstsaal, Bibliothek, sogar im Turmzimmer. Sophia Bergers Name tauchte besonders häufig auf.

"Warum hast du sein Büro durchsucht?", fragte Sarah vorsichtig.

Emma zögerte. "Jana meinte, er hätte ein zweites Notizbuch. Mit... anderen Aufzeichnungen."

In diesem Moment schob sich ein Umschlag unter der Bürotür durch. Sarah sprang auf, riss die Tür auf - der Gang war leer.

Der Umschlag enthielt ein einzelnes Blatt Papier. Die Nachricht war aus Zeitungsbuchstaben zusammengeklebt: "Manche Geheimnisse bleiben besser verborgen. Denken Sie an Marie."

"Das muss von jemandem aus dem Internat kommen", sagte Thalheim. "Jemand, der von Ihrer Verbindung zu Marie weiß."

Sarah starrte auf die Nachricht. "Wir müssen Hartmanns Vergangenheit überprüfen. Wo war er, bevor er nach Rabenstein kam?"

Die Antwort kam schneller als erwartet. Ein verschlüsselter Chat-Verlauf auf Janas Handy, den die IT-Forensiker gerade entschlüsselt hatten:

"H. hat eine falsche Identität. Früher andere Namen, andere Schulen. Immer das gleiche Muster. Werde morgen die Beweise Dr. W. zeigen."

Die Nachricht war einen Tag vor ihrem Tod gesendet worden.

"Dr. Weber?", fragte Thalheim.

Sarah schüttelte den Kopf. "Nein, Dr. Wagner - Lucas' Vater. Er sitzt im Schulrat."

Ein weiterer Anruf von Emma unterbrach sie. "Ich... ich habe noch etwas gefunden", sagte sie atemlos. "In der Kunstsammlung der Schule. Ein altes Gemälde von 1984, signiert mit 'H.' - es zeigt genau die Stelle, wo Elisabeth Kaufmann starb."

Sarah spürte, wie sich ihr Nacken verkrampfte. "Emma, geh sofort aus dem Kunstsaal. Ich komme."

Aber als sie zehn Minuten später dort eintraf, war der Saal leer. Auf Emmas Platz lag nur ihr Handy, der Bildschirm zersprungen. Daneben eine einzelne schwarze Feder.

Nächtliche Beobachtungen

Die Nacht lag schwer über Rabenstein. Sarah hatte sich in einem leeren Klassenzimmer mit direktem Blick auf den Kunstsaal positioniert. Nach Emmas Verschwinden war jede Minute kostbar. Die Uhr zeigte kurz nach Mitternacht.

Eine Bewegung im Kunstsaal erregte ihre Aufmerksamkeit. Sophia Berger glitt wie ein Schatten zwischen den Staffeleien hindurch. Kurz darauf betrat Dr. Hartmann den Raum. Sarah aktivierte ihr Aufnahmegerät.

"Die Situation entwickelt sich ungünstig", hörte sie Hartmanns gedämpfte Stimme. "Emma weiß zu viel."

"Sie ist schwach", antwortete Sophia kühl. "Ohne Beweise wird ihr niemand glauben."

"Wie Jana?"

Stille. Dann Sophias Stimme, schneidend: "Jana hat ihre Wahl getroffen."

Sarah beobachtete, wie Hartmann zu einem der großen Gemälde ging. Mit einer fließenden Bewegung schwang er es zur Seite. Dahinter öffnete sich ein dunkler Gang.

"Die anderen werden unruhig", sagte Sophia. "Lucas zweifelt."

"Dann erinnere ihn an seine Verpflichtungen." Hartmann zog einen Umschlag hervor. "Seine Familie hat viel zu verlieren."

Die beiden verschwanden im Gang. Sarah wartete einige Minuten, dann schlich sie zum Gemälde. Der Mechanismus war simpel - ein getarnter Hebel löste die Verriegelung.

Der Gang führte steil nach unten. Alte Steinmauern, modrige Luft. Nach wenigen Metern gabelte er sich. Aus einem der Zweige drang gedämpftes Licht.

Sarahs Handy vibrierte - Thalheim. "Sarah, jemand war in Ihrem Büro. Die Akte über Elisabeth Kaufmann ist verschwunden."

Ein Geräusch ließ sie zusammenzucken. Schritte näherten sich durch den anderen Gang. Sie presste sich in eine Nische.

"Die Reichert wird zum Problem", hörte sie eine unbekannte Stimme. "Sie gräbt zu tief."

"Dr. Wagner sollte sie warnen", antwortete Hartmann. "Seine Position im Schulrat macht ihn unverdächtig."

Sarah wartete, bis die Schritte verklungen waren, dann hastete sie zurück nach oben. Ihr Büro war tatsächlich durchwühlt worden. Neben der fehlenden Akte waren auch Emmas Fotos verschwunden.

Ihr Telefon klingelte. Eine unbekannte Nummer.

"Frau Reichert." Die Stimme klang verzerrt. "Marie Koch hat vor zwanzig Jahren ähnliche Nachforschungen angestellt. Überlegen Sie gut, ob Sie ihrem Beispiel folgen wollen."

Bevor sie antworten konnte, war die Verbindung tot.

Hausmeister Müller fand sie kurz darauf im Korridor. "Frau Reichert? Gut, dass ich Sie treffe. In der Bibliothek... da stimmt was nicht."

"Wie meinen Sie das?"

"Geräusche. Wie von schwerem Mobiliar, das verschoben wird. Und..." Er senkte die Stimme. "Ich schwöre, ich habe Gesang gehört. Wie ein Ritual."

Sarah überprüfte die Uhrzeit. Kurz vor zwei. "Zeigen Sie mir den Weg."

Sie näherten sich der Bibliothek von der Rückseite. Tatsächlich - gedämpfte Stimmen drangen durch die dicken Mauern. Ein rhythmisches Murmeln, wie ein Gebet.

"Bleiben Sie hier", wies sie Müller an. Vorsichtig schlich sie zum Fenster.

Im flackernden Kerzenlicht sah sie Gestalten in schwarzen Roben. Sie standen im Kreis, in ihrer Mitte lag etwas... nein, jemand.

Emma.

Der Morgen dämmerte bereits, als Sarah in ihr Büro zurückkehrte. Auf ihrem Schreibtisch lag eine einzelne schwarze Feder. Darunter ein Zettel mit zwei Worten:

"Letzte Warnung."

Kapitel 7: Die Schulärztin

Mutter und Tochter

Die Krankenstation von Rabenstein war ein steriler Kontrast zum altehrwürdigen Gemäuer. Sarah beobachtete Dr. Claudia Weber, wie sie mechanisch Medikamente in einem Schrank sortierte. Ihre Bewegungen waren präzise, fast zwanghaft, als könnte die äußere Ordnung die innere Unruhe besänftigen.

"Wir müssen über Jana sprechen", sagte Sarah sanft. Sie hatte bewusst den frühen Morgen für dieses Gespräch gewählt. Die Krankenstation war noch leer, nur das erste Sonnenlicht fiel durch die hohen Fenster.

Dr. Weber erstarrte kurz, sortierte dann weiter. "Ich habe bereits ausgesagt."

"Neue Erkenntnisse sind aufgetaucht." Sarah zog Janas Tagebuch hervor. "Jana hatte Konflikte mit Ihnen in den letzten Wochen."

Die Ärztin drehte sich um, ihre Hände zitterten leicht. "Teenager haben immer Konflikte mit ihren Eltern."

"Sie schreibt hier: 'Mama versteht nicht, dass manche Traditionen gebrochen werden müssen. Sie ist Teil des Systems, ob sie will oder nicht.'" Sarah blätterte weiter. "Das war drei Tage vor ihrem Tod."

Dr. Weber ließ sich auf einen Stuhl sinken. Ihre makellose Fassade bekam erste Risse. "Jana war... schwierig in letzter Zeit. Sie stellte Fragen über die Vergangenheit. Über ihren Vater."

"Den verstorbenen Chirurgen?"

Ein kurzes Zucken um Dr. Webers Mundwinkel. "Nein. Ihren leiblichen Vater."

Sarah lehnte sich vor. Dies war neu. "Erzählen Sie mir davon."

"Es war während meiner Studienzeit. Hier in Rabenstein. Ich war Schulärztin in Ausbildung..." Ihre Stimme verlor sich. "Es spielt keine Rolle mehr."

"Für Jana spielte es eine Rolle."

Dr. Weber stand abrupt auf, ging zu einem alten Medizinschrank. Mit zitternden Fingern öffnete sie ein verstecktes Fach. "Sie hat diesen Brief gefunden. Einen Tag bevor..." Sie reichte Sarah einen vergilbten Umschlag.

Der Brief war kurz, die Handschrift elegant: "Claudia, das Kind darf niemand erfahren. Die Rabengesellschaft duldet keine Skandale. Dr. B."

"Dr. Berger?", fragte Sarah leise. "Der damalige Schulleiter?"

Dr. Weber nickte kaum merklich. "Jana wollte alles öffentlich machen. Die ganze Geschichte. Sie verstand nicht, was sie damit riskierte."

"Was hat sie noch herausgefunden?"

"Sie... sie hatte Unterlagen. Über andere Fälle. Andere Kinder." Dr. Weber presste die Lippen zusammen. "Ich habe versucht, sie zu warnen."

Ein Geräusch an der Tür ließ sie zusammenzucken. Sophia Berger stand im Rahmen, ihr Gesicht eine Maske höflichen Interesses. "Entschuldigung, Dr. Weber. Meine morgendliche Migräne..."

63

"Natürlich, komm herein." Dr. Weber hatte sich sofort wieder gefangen, ihre professionelle Maske saß perfekt.

Sarah beobachtete den stummen Blickwechsel zwischen den beiden. Etwas Unausgesprochenes lag in der Luft.

Auf dem Weg zurück zu ihrem Büro ging ihr der Brief nicht aus dem Kopf. Dr. Berger - der Name tauchte immer wieder auf. Bei Elisabeth Kaufmann, bei Jana, bei den alten Akten.

Ihr Handy vibrierte. Eine Nachricht von Thalheim: "Haben Dr. Bergers Aufenthaltsort gefunden. Er lebt in einem Pflegeheim am Stadtrand. Aber es gibt ein Problem - seit gestern ist er verschwunden."

Sarah beschleunigte ihre Schritte. Die Verbindungen wurden klarer, aber mit jeder Antwort tauchten neue Fragen auf. Und irgendwo in den Kellergewölben wartete Emma darauf, gerettet zu werden.

Die Raben über dem Turm kreisten tiefer als sonst, als ahnten sie, dass alte Geheimnisse ans Licht kamen.

Fehlende Medikamente

Die Inventurliste der Krankenstation lag wie ein stummer Vorwurf auf Sarahs Schreibtisch. Thalheim hatte die Unterlagen am Morgen gebracht - drei Monate akribisch geführter Protokolle, die eine erschreckende Diskrepanz aufwiesen.

"Ketamin", murmelte Sarah und strich mit dem Finger über die Einträge. "Regelmäßige Fehlmengen, immer kurz vor Mitternacht abgezeichnet."

Die Unterschrift war jedes Mal dieselbe: Dr. C. Weber. Zu perfekt, zu gleichmäßig.

"Die Unterschriften wurden gefälscht", sagte Thalheim, der über ihre Schulter schaute. "Vergleichen Sie die Schwünge mit ihrer echten Unterschrift."

Sarah griff nach einem anderen Dokument. Die Zugangskarten zur Medikamentenaufbewahrung waren mehrfach kopiert worden. Neben Dr. Weber hatten noch andere Personen Zugang: Der Schulleiter, die Nachtschwester, und - überraschenderweise - Dr. Hartmann.

"Für Notfälle während Klassenfahrten", stand als Begründung in den Akten.

Ein Klopfen unterbrach ihre Überlegungen. Die Nachtschwester, Frau Kendrick, eine hagere Frau Ende fünfzig, trat ein.

"Sie wollten mich sprechen?"

Sarah deutete auf den Besucherstuhl. "Die Medikamentenprotokolle der letzten Monate - ist Ihnen etwas aufgefallen?"

Frau Kendrick zögerte. "Dr. Weber... sie kam oft spät-
abends. Sagte, sie müsse Inventur machen. Aber sie
wirkte nervös, gehetzt."

"War sie allein?"

Ein kurzes Innehalten. "Meistens. Aber einmal... es war
kurz vor Janas Tod. Da war Dr. Hartmann bei ihr. Sie
stritten sich, leise, aber heftig."

Sarah machte sich Notizen. "Worüber?"

"Ich konnte nur Fetzen aufschnappen. Etwas über 'Tradition' und 'notwendige Opfer'."

Ein weiteres Puzzleteil fügte sich ein. Sarah ging zum
Archivschrank, zog eine alte Akte hervor. Der "Unfall"
von Elisabeth Kaufmann, 1984. Im Obduktionsbericht
waren Spuren von Ketamin gefunden worden.

"Die Medikamente", sagte sie zu Thalheim. "Sie benut-
zen sie für ihre Rituale. Seit Jahrzehnten."

Sie kehrten zur Krankenstation zurück. Dr. Weber war
nicht da, aber ihr Büro stand offen. Sarah begann systematisch die Schränke zu durchsuchen.

Hinter einem losen Paneel fand sie ein verstecktes
Fach. Darin ein altes Notizbuch, die Seiten vergilbt. Aufzeichnungen über "Behandlungen" - codierte Einträge,
die sich wie medizinische Protokolle lasen, aber einen
dunkleren Zweck verbargen.

"1984 - E.K., Präparat K, Dosis nach Standardprotokoll",
las Sarah. "2004 - M.K., gleiches Verfahren."

Ihre Hände zitterten. Marie. Sie hatten sie also betäubt,
bevor...

Ein Schatten fiel durch die Tür. Dr. Weber stand im Rahmen, bleich, aber gefasst.

"Sie verstehen das nicht", sagte sie leise. "Es muss sein. Für das größere Ganze."

"Wie Jana? War das auch notwendig?"

Dr. Weber trat ein, schloss die Tür hinter sich. "Jana hat zu viel gewusst. Über ihren Vater, über das System. Sie wollte alles zerstören."

"Dr. Berger", sagte Sarah. "Er ist Janas Vater. Und er hat Sie gezwungen, bei allem mitzumachen."

"Gezwungen?" Ein bitteres Lächeln huschte über Dr. Webers Gesicht. "Ich war stolz, auserwählt zu sein. Die Rabengesellschaft ist mehr als nur eine Schultradition. Sie formt die Zukunft."

"Durch Mord?"

"Durch Selektion." Dr. Weber ging zu ihrem Schrank. "Nur die Stärksten überleben. Das war schon immer so."

Sarah hörte, wie Thalheim draußen Position bezog. "Und Emma? Ist sie auch zu schwach?"

"Emma..." Dr. Weber zögerte. "Sie ist anders. Sie könnte noch lernen zu gehorchen."

"Wie Sie gehorcht haben? All die Jahre?"

Ein Schatten huschte über Dr. Webers Gesicht. Für einen Moment sah Sarah die Risse in ihrer perfekten Fassade. Die Jahre der Schuld, der Kompromisse, der verlorenen Moral.

"Es ist zu spät", flüsterte Dr. Weber. "Das System ist stärker als wir alle."

Draußen krächzten die Raben, als stimmten sie ihr zu.

Ein altes Foto

Sarah kehrte in Dr. Webers verlassenes Büro zurück. Die Morgensonne warf lange Schatten durch die hohen Fenster. Nach dem verstörenden Gespräch über die Medikamente brauchte sie weitere Beweise, handfeste Verbindungen zwischen den Zeitebenen.

Methodisch durchsuchte sie die Schubladen des anti- ken Schreibtisches. In der untersten, hinter einem fal- schen Boden, fand sie ein in Leder gebundenes Album. Ihre Hände zitterten, als sie es öffnete.

Das Foto auf der ersten Seite traf sie wie ein Schlag. Marie. Lebendig, lächelnd, in der schwarzen Robe der Rabengesellschaft. 2004. Sarah fuhr mit den Fingern über das Bild. Marie stand in der ersten Reihe, neben ihr ein jüngerer Dr. Koch - damals noch Lehrer für Ge- schichte. Und am Rand, fast übersehen hätte sie sie: Dr. Weber, bereits in ihrem weißen Arztkittel, der Blick ernst in die Kamera gerichtet.

"Das war kurz vor der Aufnahmezeremonie", sagte eine Stimme von der Tür. Thalheim. "Die jährliche Tradition der Raben."

Sarah nickte stumm. Sie erinnerte sich an Maries Aufre- gung damals. Ihre Freundin hatte wochenlang von nichts anderem gesprochen. Zwei Tage nach diesem Foto war sie tot.

"Dr. Weber sieht... anders aus", bemerkte Thalheim. Er deutete auf die junge Ärztin im Bild. "Fast ängstlich."

Sarah drehte das Foto um. Auf der Rückseite befanden sich handgeschriebene Zeichen, eine Art Code. "R-20- M-K-P3" und darunter "B-Signal positiv".

"Eine Dokumentation", murmelte sie. "Sie haben alles protokolliert."

Weitere Fotos folgten. Die Rabengesellschaft durch die Jahre. Elisabeth Kaufmann 1984, Marie 2004, und schließlich Jana 2024. Immer die gleiche Aufstellung, die gleichen Roben, die gleichen ernsten Gesichter.

Ein loses Blatt fiel aus dem Album. Ein Brief, die Tinte verblasst:
"Die Tradition muss gewahrt werden. Alle zwanzig Jahre ein Opfer für die Kontinuität. M.K. ist vorbereitet. Nach Protokoll verfahren. - B."

Sarahs Hände krampften sich um das Papier. "Sie haben es geplant. Von Anfang an."

"Sarah." Thalheims Stimme klang angespannt. "Sehen Sie sich das hier an." Er deutete auf ein Detail im Hintergrund des Fotos von 2004. Ein Fenster im Turm, darin ein verschwommener Schatten. "Das ist der gleiche Turm, von dem Jana stürzte."

Sarah griff nach ihrer Lupe. Der Schatten nahm Form an - eine Gestalt in weißem Kittel. Dr. Weber, am Abend von Maries Tod.

"Sie war dabei. Bei allem." Sarah blätterte hektisch weiter. Mehr Fotos, mehr codierte Notizen. Ein System aus Zeichen und Zahlen, das Tod und Macht dokumentierte.

Plötzlich ein Geräusch im Gang. Schnelle Schritte näherten sich.

"Schnell", zischte Thalheim. Sarah griff nach dem Album, aber es war zu spät. Dr. Koch stand im Türrahmen, sein Gesicht eine Maske kalter Wut.

"Interessante Lektüre?" Seine Stimme triefte vor Sarkasmus. "Die Geschichte von Rabenstein ist in der Tat... faszinierend."

"Wie Marie?" Sarah zwang sich zur Ruhe. "War sie auch nur ein Kapitel in Ihrer Geschichte?"

Ein dünnes Lächeln huschte über Kochs Gesicht. "Marie verstand die Notwendigkeit nicht. Wie Jana. Wie Sie, Frau Reichert."

Er trat näher, sein Blick auf das Album gerichtet. "Wissen Sie, was das Besondere an Raben ist? Sie vergessen nie. Und sie beschützen ihre eigenen."

Die Drohung in seinen Worten war unmissverständlich. Draußen kreisten die Raben um den Turm, ihre Schatten tanzten über die Wände des Büros wie stumme Wächter einer dunklen Tradition.

Kapitel 8: Schatten der Vergangenheit

Sarah's alte Schulakte

Das Archiv im Keller des Verwaltungstrakts roch nach altem Papier und Geheimnissen. Sarah hatte lange gezögert, diesen Schritt zu gehen, aber nach den Enthüllungen der letzten Tage blieb ihr keine Wahl. Sie musste wissen, was damals wirklich geschehen war.

"Reichert, Sarah. Jahrgang 2004." Die Archivarin reichte ihr einen dicken Aktenordner. "Seltsam", murmelte sie, "normalerweise sind die Schülerakten dünner."

Sarah trug den Ordner zu einem der verstaubten Lesetische. Ihre Hände zitterten leicht, als sie ihn öffnete. Gleich auf der ersten Seite sprang ihr ein handschriftlicher Vermerk ins Auge: "Sonderakte - nur nach Rücksprache mit der Schulleitung zu öffnen."

Die ersten Seiten waren harmlos - Zeugnisse, Beurteilungen, Elterngespräche. Dann kam sie zu den Dokumenten von 2004. Ihre eigene Aussage zum Tod von Marie Koch. Sarah erinnerte sich genau an jenen Tag im Büro des Schulleiters, wie sie unter Tränen berichtet hatte, was sie gesehen hatte. Aber der Text vor ihr las sich anders.

"Die Schülerin Reichert gibt an, Marie Koch am fraglichen Abend nicht gesehen zu haben..." Sarah starrte ungläubig auf die Zeilen. "Das ist eine Lüge", flüsterte sie. "Ich habe sie gesehen. Auf dem Weg zum Turm."

Sie blätterte weiter. Mehrere Seiten fehlten, herausgerissen. An ihrer Stelle ein Vermerk: "Auf Anweisung von Dr. Berger archiviert unter Verschluss."

"Thalheim?" Sie griff nach ihrem Handy. "Ich brauche Zugang zum Sonderarchiv. Sofort."

Während sie wartete, studierte sie die verbliebenen Dokumente. Ein psychologisches Gutachten fiel ihr auf, erstellt kurz nach Maries Tod. "Patientin zeigt Anzeichen von Realitätsverlust... Tendenz zur Konfabulation... Behandlung dringend empfohlen."

"Sie wollten mich für verrückt erklären", murmelte Sarah. "Damit niemand mir glaubt."

Ein weiteres Dokument erregte ihre Aufmerksamkeit. Ein Brief ihrer Eltern an die Schulleitung, in dem sie um Diskretion baten und einer psychiatrischen Behandlung zustimmten. Die Unterschrift ihres Vaters sah seltsam aus.

"Die Unterschrift wurde gefälscht", sagte Thalheim, der endlich eingetroffen war. "Wie bei den Medikamentenprotokollen."

Sarah nickte stumm. Das System war perfekt gewesen. Jeder Widerspruch wurde im Keim erstickt, jede unbequeme Wahrheit verdreht.

In einem separaten Umschlag fand sie Fotos vom Tatort. Der Turm im Morgenlicht, Maries lebloser Körper bereits abgedeckt. Aber ein Detail im Hintergrund ließ sie erstarren: Dr. Hartmann, damals noch junger Lehrer, im Gespräch mit Dr. Berger.

"Er war schon damals involviert", sagte Sarah. "Und jetzt wiederholt sich alles."

Thalheim deutete auf einen Stempel am unteren Rand der Akte: "Revisionsvermerke alle 20 Jahre - nächste Prüfung 2024."

"Sie planen es", flüsterte Sarah. "Sie planen den nächsten Tod."

Als Sarah die Akte schließt, hört sie Schritte auf der Kellertreppe. Schnell fotografiert sie noch die wichtigsten Dokumente mit ihrem Handy. Die Schritte kommen näher.

"Schnell", flüstert Thalheim, "durch den Nebenausgang."

Sie schlüpfen durch eine schmale Tür zwischen den Archivregalen, die zu einem kaum genutzten Servicegang führt. Hinter sich hören sie Stimmen - Dr. Weber und Dr. Hartmann diskutieren erregt.

"Die Akte muss hier sein", sagt Hartmann. "Koch will sie heute Abend vernichten."

Sarah und Thalheim warten im dunklen Gang, bis die Stimmen sich entfernen. Die Information über Kochs geplante Aktenvernichtung ist ein wichtiger neuer Hinweis - und sie haben jetzt Beweise auf ihren Handys.

Die Drohung in seinen Worten war unmissverständlich. Aber Sarah spürte keine Angst mehr, nur kalte Entschlossenheit. Diesmal würde sie nicht schweigen. Diesmal würde sie die Wahrheit ans Licht bringen - für Marie, für Jana, für Emma.

Die Raben draußen kreischten, als ahnten sie, dass ihre dunklen Geheimnisse endlich ans Licht kamen.

Der Fall von 2004

Die alten Zeitungsausschnitte lagen wie Puzzleteile auf Sarahs Schreibtisch ausgebreitet. "Tragischer Unfall im Elite-Internat", "Schülerin stürzt von historischem Turm", "Rabenstein trauert um Marie Koch". Die vergilbten Schlagzeilen erzählten eine Geschichte, die Sarah nur zu gut kannte – aber nicht die wahre Geschichte.

"Hier", sagte Thalheim und deutete auf einen kleinen Artikel am Rand. "Eine Woche vor ihrem Tod. Marie Koch gewinnt den Schulwettbewerb für investigativen Journalismus."

Sarah beugte sich vor. Der Artikel zeigte ein Foto von Marie, stolz lächelnd, einen Notizblock in der Hand. "Sie recherchierte über die Geschichte der Schule", las Sarah. "Über vergessene Traditionen und deren Bedeutung für die Gegenwart."

"Wie Jana", murmelte Thalheim. "Beide gruben in der Vergangenheit."

Ein Klopfen an der Tür unterbrach sie. Ein älterer Mann stand im Rahmen, graues Haar, nervöse Hände. "Kommissarin Reichert? Mein Name ist Krüger. Peter Krüger. Ich war 2004 Hausmeister in Rabenstein."

Sarah bot ihm einen Stuhl an. Krüger setzte sich zögernd. "Ich habe in der Zeitung von dem neuen Fall gelesen. Von Jana." Er holte tief Luft. "Es ist wie damals. Genau wie bei Marie."

"Was haben Sie gesehen?", fragte Sarah leise.

"Marie kam oft spät in die Bibliothek. Sie sagte, sie arbeite an einer großen Geschichte." Krüger rieb sich die

Augen. "An jenem Abend... ich habe Stimmen gehört.
Streit. Marie weinte. Dann..." Er verstummte.

"Wer war bei ihr?"

"Dr. Berger. Und..." Er zögerte. "Eine Schülerin in der
Raben-Robe. Sonja Huber."

Sarah erstarrte. Sonja Huber – heute Lehrerin, damals
selbst noch Schülerin.

Sie griff nach einem weiteren Zeitungsartikel. Ein Foto
von der Beerdigung. Im Hintergrund, fast übersehen
hätte sie es: Sonja Huber, das Gesicht halb verdeckt, in
intensivem Gespräch mit Dr. Hartmann.

"Die offiziellen Berichte sprechen von Selbstmord",
sagte Thalheim.

Weber schüttelte den Kopf. "Marie hatte Angst, ja.
Aber nicht vor dem Leben. Sie hatte Angst vor dem,
was sie herausgefunden hatte."

Sarah öffnete ihren Laptop, rief alte Wetterdaten auf.
"In der Todesnacht... es schneite stark. Wie konnten die
Überwachungskameras dann so klare Bilder von Marie
allein auf dem Turm liefern?"

"Die Aufnahmen wurden manipuliert", sagte eine neue
Stimme. Der Geschichtslehrer Herr Lang stand in der
Tür, bleich aber gefasst. "Ich war damals IT-Beauftrag-
ter. Sie zwangen mich, die Dateien zu ändern."

"Wer zwang Sie?"

"Das System. Die Raben." Er trat näher. "Ich habe die
Originaldateien aber nie gelöscht."

76

Sarah spürte, wie sich die Puzzleteile zusammenfügten. Marie hatte etwas entdeckt – etwas über die Verbindung zwischen den Bergers und den Ritualen. Wie Jana zwanzig Jahre später.

Sie breitete einen Schulplan von 2004 aus. "Der Turm war damals noch nicht gesperrt", murmelte sie. "Und die alte Wendeltreppe..." Sie stockte. "Krüger, gab es einen zweiten Zugang zum Turm?"

Der alte Hausmeister nickte langsam. "Einen Servicegang. Durch die Bibliothek. Nur wenige kannten ihn."

"Perfekt für einen fingierten Selbstmord", sagte Thalheim grimmig.

Sarah griff nach ihrem Telefon, wählte die Nummer der Spurensicherung. "Ich brauche eine neue Untersuchung des Turms. Alle Zugänge, alle Spuren. Auch zwanzig Jahre alte."

Die Raben draußen kreisten tiefer, ihre Schatten tanzten über die ausgebreiteten Zeitungsartikel wie stumme Mahner der Vergangenheit. Sarah wusste: Der Schlüssel zu Janas Tod lag in jener Nacht vor zwanzig Jahren. Und dieses Mal würde die Wahrheit nicht im Schnee begraben bleiben.

Wiederkehrende Muster

Sarah hatte ihr Büro in eine Ermittlungszentrale verwandelt. An den Wänden hingen zwei parallele Zeit-
strahlen: Links der Fall Marie Koch 2004, rechts Jana
Weber 2024. Rote Fäden verbanden die Ereignisse,
kreuzten sich wie ein spinnwebartiges Muster der
Schuld.

"Es ist erschreckend systematisch", sagte Thalheim, der
die Verbindungslinien studierte. "Beide Mädchen re-
cherchierten über die Geschichte der Schule. Beide
nutzten die Bibliothek. Beide starben am Turm."

Sarah nickte. Sie hatte weitere Parallelen markiert:
"Beide hatten kurz vor ihrem Tod Konflikte mit Lehrern.
Beide hinterließen Aufzeichnungen. Und beide wurden
zunächst als Selbstmord deklariert."

Auf ihrem Schreibtisch lagen die Personalakten ausgebreitet. Dr. Hartmann, damals junger Lehrer, heute
stellvertretender Schulleiter. Dr. Koch, vom Geschichtslehrer zum Internatsleiter aufgestiegen. Sonja Huber,
von der Rabenträgerin zur Lehrerin geworden.

"Die Karrieren der Beteiligten verliefen steil nach
oben", murmelte Sarah. "Fast als wäre Maries Tod...
eine Art Eintrittskarte in höhere Positionen."

Sie zog einen weiteren Ordner heran. Alumni-Verzeich-
nisse der letzten dreißig Jahre. Namen, die heute in Po-
litik, Wirtschaft und Justiz Gewicht hatten. Alle ehemalige Rabenstein-Schüler. Viele ehemalige Rabenträger.

"Ein Netzwerk", sagte Thalheim. "Sie protegieren sich
gegenseitig."

Sarah markierte weitere Verbindungen. "Aber es geht um mehr als nur Karrieren. Die Raben sind wie... Wächter. Sie beschützen etwas."

Sie griff nach den Notizen von Marie und Jana. Beide hatten über "verschwundene Akten" geschrieben. Über "geheime Räume" und "nächtliche Treffen". Über ein System, das weit über die Schulmauern hinausreichte.

"Die Bibliothek ist der Schlüssel", sagte Sarah plötzlich. "Beide haben dort recherchiert. Beide haben etwas gefunden."

Sie nahm den alten Schulplan zur Hand. Die Bibliothek lag direkt unter dem Turm. Der Servicegang, von dem Krüger gesprochen hatte, musste irgendwo dort beginnen.

"Wir brauchen Zugang zu den alten Ausleihlisten", sagte Sarah. "Frau Kleinschmidt war damals Bibliothekarin. Sie könnte sich erinnern, welche Bücher Marie besonders interessierten."

Ein Klopfen unterbrach sie. Herr Lang stand in der Tür, in der Hand einen USB-Stick.

"Die Original-Aufnahmen", sagte er leise. "Und noch etwas. Ich habe die alten Server durchsucht. Es gab ein Muster bei den Zugriffen auf bestimmte Archive. Immer kurz vor den... Vorfällen."

Sarah öffnete die Dateien. Systemprotokolle, Zugangszeiten, gelöschte Verzeichnisse. Ein digitales Spiegelbild der Macht.

"Sie haben ihre Spuren verwischt", murmelte sie. "Aber nicht gut genug."

Die Verbindungen auf ihrer Zeitleiste verdichteten sich. Das Netzwerk wurde sichtbar: Lehrer, die zu Komplizen wurden. Schüler, die zu Tätern heranwuchsen. Ein System, das sich selbst schützte und erneuerte.

"Es geht um mehr als nur die Todesfälle", sagte Thalheim. "Die Raben kontrollieren Informationen, Karrieren, ganze Lebensläufe."

Sarah nickte grimmig. "Und Jana Weber hat das durchschaut. Wie Marie vor ihr."

Die Raben draußen kreisten tiefer, als wollten sie die Wahrheit in ihren Schatten begraben. Aber das Muster war zu deutlich geworden, um es zu ignorieren. Sarah wusste: Sie musste nur den richtigen Faden ziehen, und das ganze Gewebe würde sich auflösen.

Kapitel 9: Das zweite Opfer

Verschwunden

Der Morgenappell in Rabenstein folgte seit Jahrhunderten demselben Ritual. Doch an diesem grauen Februarmorgen durchbrach eine Leerstelle die gewohnte Ordnung. Emma Schneiders Platz in der dritten Reihe blieb leer.

"Hat jemand Emma gesehen?", fragte Frau Huber, während sie die Anwesenheitsliste durchging. Unruhe machte sich unter den Schülern breit. Nach Janas Tod war jede Abwesenheit beunruhigend.

Sarah, die den Appell aus der Distanz beobachtete, spürte sofort, dass etwas nicht stimmte. Emma hatte gestern noch an den Recherchen mitgearbeitet, wollte weitere Dokumente sichten.

"Überprüfen Sie ihr Zimmer", wies sie einen Kollegen an und eilte selbst zum Überwachungsraum. Herr Lang war bereits dort, sein Gesicht aschfahl.

"Die Kameras...", murmelte er. "Jemand hat die Aufnahmen der letzten Nacht gelöscht. Genau wie bei Jana."

Sarah fluchte leise. "Wann war der letzte erhaltene Zeitstempel?"

"23:17 Uhr. Danach nur Störungen."

Ein Schrei hallte durch die Gänge. Sarah rannte los, folgte dem Geräusch bis zu Emmas Zimmer. Die Tür stand offen.

Das Chaos im Inneren erzählte eine deutliche Geschichte: Der Laptop lag aufgeklappt auf dem Boden, der Bildschirm zersprungen. Bücher waren von den Regalen gerissen, der Schreibtischstuhl umgestürzt. An der Wand ein verschmierter Handabdruck.

"Sie hat sich gewehrt", sagte Thalheim, der hinter Sarah eingetreten war.

Sarah zog Handschuhe über, hob vorsichtig den beschädigten Laptop auf. Der Bildschirm flackerte, zeigte noch Emmas letzte geöffnete Dateien: Recherchen über die Rabengesellschaft, alte Jahrbücher, eine halb fertige Email.

"Sie wollte mir schreiben", murmelte Sarah. Der Text brach mitten im Satz ab: "Ich habe in den Unterlagen etwas gefunden. Die Verbindung zwischen den..."

"Frau Reichert!" Ein junger Polizist kam hereingestürzt. "Im Sekretariat ist gerade das hier abgegeben worden." Er hielt einen Umschlag hoch.

Sarah öffnete ihn vorsichtig. Ein ausgeschnittener Zeitungsartikel über Janas Tod, darauf in verzerrter Computerschrift: "Neugier kann tödlich sein. 100.000 Euro bis Mitternacht oder das nächste Rabenmädchen stirbt."

"Eine Erpressung?" Thalheim klang skeptisch. "Das passt nicht zum bisherigen Muster."

"Eine Ablenkung", sagte Sarah. "Sie wollen uns in die falsche Richtung lenken." Sie untersuchte den Umschlag genauer. "Kein Absender, keine Fingerabdrücke... aber der Poststempel..."

"Was ist damit?"

"Er ist von gestern. Der Brief wurde aufgegeben, bevor Emma verschwand."

Sarah ging zum Fenster. Die Raben kreisten wie üblich über dem Turm. Einer löste sich aus der Formation, landete auf dem Fenstersims. In seinem Schnabel glänzte etwas Metallisches.

"Der Schlüssel zu ihrem Dokumentenschrank", flüsterte Sarah. Sie hatte ihn gestern noch an Emmas Schlüsselbund gesehen.

Die Botschaft war eindeutig: Die Rabengesellschaft demonstrierte ihre Macht. Sie hatten Emma. Sie hatten ihre Unterlagen. Und sie stellten klar, dass sie jeden Aspekt des Internatslebens kontrollierten.

"Spurensicherung ist unterwegs", meldete der junge Polizist.

Sarah nickte abwesend. Ihre Gedanken rasten. Emma musste etwas Wichtiges gefunden haben. Etwas, das die Verbindung zwischen Jana und Marie erklärte. Etwas, das so brisant war, dass die Raben sofort handelten.

"Überprüft alle Zugänge zum Turm", wies sie ihr Team an. "Diesmal werden sie einen anderen Ort wählen. Sie wissen, dass wir den Turm im Auge behalten."

Der Rabe auf dem Fenstersims krächzte höhnisch, bevor er davonflog. Der Schlüssel blieb zurück, wie eine düstere Warnung.

Die Zeit lief.

Die Suche

Das Internat glich einem aufgescheuchten Ameisenhaufen. Polizisten durchkämmten systematisch jeden Winkel der weitläufigen Anlage, während Dr. Hartmann Schülergruppen für die Suche im Park koordinierte.

"Wir konzentrieren uns auf die Außenbereiche", erklärte er mit fester Stimme. "Die alten Gewächshäuser, den Skulpturengarten, die ehemalige Gärtnerei." Seine Ruhe wirkte zu kontrolliert, fand Sarah.

Sie selbst hatte sich in Emmas Zimmer verschanzt, durchforstete akribisch jeden Hinweis. Zwischen Schulheften fand sie ein unscheinbares Notizbuch, versteckt in einem ausgehöhlten "Grundkurs Latein".

"Clever", murmelte sie. Die Seiten waren vollgekritzelt mit Beobachtungen:
"Treffen jeden Donnerstag, 23 Uhr, alter Weinkeller"
"S.H. nervös beim Gespräch über Archiv"
"Verbindung zur Stiftung? Nachfragen bei K."

Sarah stockte. S.H. - Sonja Huber? Und K. - könnte das Koch sein?

Ein Schatten fiel durch die Tür. Sonja Huber stand im Rahmen, blasser als sonst. "Ich... wollte nur sehen, ob ich helfen kann."

"Interessant", sagte Sarah kühl. "Ausgerechnet Sie interessieren sich für Emmas Zimmer."

Huber zuckte zusammen. "Was meinen Sie damit?"

"Emma hat Notizen über Sie gemacht." Sarah beobachtete ihre Reaktion genau. "Über Ihre Nervosität beim Thema Archiv."

"Das... das müssen Sie falsch verstehen." Huber wich zurück. "Ich sollte zu meiner Gruppe zurück. Dr. Hartmann wartet."

Sarah wartete, bis ihre Schritte verhallt waren, dann griff sie zum Telefon. "Thalheim? Lassen Sie Huber beschatten. Unauffällig."

Sie wandte sich wieder den Notizen zu. Zwischen den Zeilen erschien ein Muster. Emma hatte systematisch recherchiert, Verbindungen geknüpft. Auf der letzten beschriebenen Seite stand eine verschlüsselte Nachricht:

"RDWK - 3B - 1984"

"Signatur aus der Bibliothek", murmelte Sarah. Sie eilte durch die Gänge, vorbei an suchenden Polizisten.

In der Bibliothek herrschte gespenstische Stille. Sarah ging direkt zu Regal 3B. Dort, zwischen verstaubten Bänden, fand sie einen schmalen Ordner: "Rabenstein - Dokumentation wichtiger Korrespondenzen 1984".

Als sie ihn öffnete, fiel ein zusammengefaltetes Papier heraus. Darauf, in Emmas krakeliger Handschrift: "Hilfe - Sie wissen dass ich es gefunden habe - Weinkeller - Kein"

Die Nachricht brach ab, als hätte jemand sie beim Schreiben überrascht.

Sarahs Handy vibrierte. Eine Nachricht von Thalheim: "Huber auf dem Weg zum alten Weinkeller. Hartmann folgt ihr."

Sarah rannte los. Der Weinkeller lag im ältesten Teil des Gebäudes, unter der Kapelle. Als sie die steinernen Stufen hinabstieg, hörte sie gedämpfte Stimmen.

"...hätte besser aufpassen müssen", sagte Hartmann gerade. "Das Mädchen war zu neugierig."

"Wie Marie", antwortete Huber. "Und Jana. Sie graben zu tief."

Sarah zog ihre Waffe, gab dem Einsatzteam ein Zeichen. Der Moment der Wahrheit war gekommen. Irgendwo hier musste Emma sein - und mit ihr die Wahrheit über das dunkle Geheimnis der Raben.

Die schwere Eisentür zum Weinkeller stand einen Spalt offen. Dahinter bewegten sich Schatten im Fackelschein, wie ein makabres Schattenspiel der Vergangenheit.

Ein weiterer Fund

Die Laternen der Einsatzkräfte tanzten durch die Dunkelheit wie Irrlichter, als der Notruf über Funk kam: "Turm Ost - leblose Person gefunden!"

Sarah rannte los, dicht gefolgt von Thalheim. Der alte Turm ragte wie ein mahnender Zeigefinger in den Nachthimmel. Anders als bei Jana hatten die Täter Emma hier oben zurückgelassen - lebend, aber bewusstlos.

"Sanitäter, sofort!", bellte Sarah, während sie die steinernen Stufen hinaufhetzte. Oben fand sie Emma zusammengekauert in einer Ecke. Ihr Atem ging flach, aber regelmäßig. An ihrem Hals zeichneten sich dunkle Druckstellen ab.

"Würgemale", murmelte der Gerichtsmediziner, der kurz nach ihnen eintraf. "Und Einstichstellen am Arm - vermutlich ein Beruhigungsmittel."

Sarah untersuchte den Raum. Anders als bei Jana war hier nichts arrangiert. Es wirkte hastig, improvisiert. Auf dem staubigen Boden fand sie Fußspuren, einen einzelnen Handschuh aus schwarzem Leder.

"Den kenne ich", sagte Thalheim plötzlich. "Dr. Hartmann trägt solche bei seinen Archivarbeiten."

Ein Stöhnen von Emma ließ sie herumfahren. Ihre Augen flatterten. "Die... Raben", flüsterte sie. "Im Keller... Dokumente..."

"Ruhig", sagte Sarah sanft. "Du bist in Sicherheit." Sie nickte den Sanitätern zu, die Emma vorsichtig auf eine Trage hoben.

Im Hof hatte sich eine Menschenmenge versammelt. Schüler in Nachthemden, Lehrer in Hausschuhen. Dr. Koch bahnte sich einen Weg durch die Menge.

"Das ist unmöglich", sagte er mit bebender Stimme. "Der Turm war abgeschlossen. Ich selbst habe die Schlüssel."

"Offenbar nicht alle", erwiderte Sarah kühl. Sie hielt den Handschuh hoch. "Wir werden DNA-Spuren sichern."

Ein Raunen ging durch die Menge. Mehrere Schüler weinten. Die Panik war greifbar.

"Das Internat wird bis auf Weiteres geschlossen", verkündete Sarah. "Niemand verlässt das Gelände ohne Absprache."

In diesem Moment kam Dr. Hartmann aus Richtung Hauptgebäude. Er trug nur einen Handschuh.

"Wo waren Sie in den letzten zwei Stunden?", fragte Sarah scharf.

"In meinem Büro. Ich habe Eltern angerufen." Er zögerte. "Meinen Handschuh muss ich dort verloren haben."

"Interessant." Sarah deutete auf den Fundort. "Wir haben nämlich gerade sein Zwillingsstück gefunden."

Die Spannung war mit Händen zu greifen. Mehrere Lehrer wichen von Hartmann zurück.

"Das... das muss ein Missverständnis sein", stammelte er. "Ich kann das erklären..."

"Das hoffe ich", sagte Sarah. "Im Präsidium werden Sie Gelegenheit dazu haben."

Während Hartmann abgeführt wurde, untersuchte Sarah den Turm weiter. Unter einer losen Bodendiele fand sie einen USB-Stick.

"Frisch deponiert", sagte Thalheim. "Die Staubschicht ist gestört."

Im provisorischen Ermittlungsbüro steckten sie den Stick in einen gesicherten Laptop. Er enthielt Hunderte von Dokumenten: Protokolle geheimer Treffen, Listen von Rabenmitgliedern, Fotos nächtlicher Rituale.

"Eine Versicherung", murmelte Sarah. "Emma muss das gefunden haben. Deshalb mussten sie handeln."

Ein Schrei aus dem Krankenflügel unterbrach sie. Emma war aufgewacht - und diesmal schien sie sich zu erinnern.

Die Jagd nach der Wahrheit ging in die nächste Runde. Aber eines war klar: Die Raben wurden unvorsichtig. Und Unvorsichtigkeit führte zu Fehlern.

Draußen sammelten sich die schwarzen Vögel wie eine drohende Wolke über dem Internat. Der Sturm war noch nicht vorüber.

Kapitel 10: Durchbruch

Das geheime Tagebuch

Sarah starrte auf den Bildschirm des Laptops. Nach stundenlanger Arbeit hatte die IT-Forensik endlich Janas verschlüsselte Dateien geknackt. Was sich ihr nun offenbarte, war weitaus erschreckender als erwartet.

"20. Januar 2024
Sie denken, niemand durchschaut ihr System. Aber ich habe Beweise gefunden. Die Raben sind keine harmlose Tradition - sie sind ein Netzwerk aus Erpressung und Kontrolle. Dr. Hartmann leitet die nächtlichen Treffen, aber Dr. Koch zieht im Hintergrund die Fäden..."

Thalheim beugte sich über Sarahs Schulter. "Scrollen Sie weiter."

"25. Januar 2024
Heute habe ich die Finanzunterlagen gefunden. Sie waschen Geld durch die Schulstiftung. Millionenbeträge verschwinden in Offshore-Konten. Koch, Hartmann und... Mama? Nein, das kann nicht sein. Aber ihre Unterschrift ist auf allen Dokumenten."

Sarah holte tief Luft. Dr. Webers Verstrickung wurde immer deutlicher.

"28. Januar 2024
Die alten Aufzeichnungen sind der Schlüssel. Marie Koch hatte sie auch gefunden, 2004. Deshalb musste sie sterben. Sonja Huber war dabei - sie war damals Rabenträgerin. Heute unterrichtet sie hier, als wäre nichts geschehen.

Morgen Nacht ist das große Treffen im Turmzimmer. Sie werden neue Mitglieder aufnehmen. Ich werde Beweise sammeln, Fotos machen. Die Wahrheit muss ans Licht."

"Der letzte Eintrag", murmelte Sarah. "Am Tag vor ihrem Tod."

Sie öffnete den angehängten Ordner. Hunderte von Dokumenten kamen zum Vorschein: Scans alter Verträge, heimlich fotografierte Treffen, Listen mit Namen und Summen.

"Das ist es", sagte Thalheim. "Das komplette Netzwerk. Ehemalige Schüler in Schlüsselpositionen, Schmiergeldzahlungen, Erpressungsmaterial."

Sarah klickte durch die Dateien. Ein Foto ließ sie innehalten: Dr. Koch, Dr. Hartmann und Sonja Huber in schwarzen Roben, vor ihnen ein aufgeschlagenes Buch mit seltsamen Symbolen.

"Das Aufnahmeritual", las sie in Janas Notizen. "Sie schwören einen Eid auf das alte Buch. Wer ihn bricht, wird bestraft. Marie hat den Eid gebrochen. Und ich..."

Der letzte Satz brach ab. Aber Sarah verstand. Jana hatte gewusst, dass sie ihr Leben riskierte.

Ein weiterer Ordner enthielt Audioaufnahmen. Sarah startete eine Datei. Dr. Hartmanns Stimme erfüllte den Raum:
"Die Tradition der Raben muss geschützt werden. Wer sie gefährdet, muss die Konsequenzen tragen..."

"Das erklärt Emmas Entführung", sagte Thalheim. "Sie muss diese Dateien gefunden haben."

Sarah nickte grimmig. "Und es erklärt die Panik im System. Mit diesen Beweisen können wir das ganze Netzwerk auffliegen lassen."

Sie griff zum Telefon, wählte die Nummer der Staatsanwaltschaft. "Wir brauchen sofort Durchsuchungsbefehle. Für alle genannten Adressen. Und... einen Haftbefehl für Dr. Weber."

Die Raben draußen kreisten unruhig. Als ahnten sie, dass ihre Zeit der Macht zu Ende ging. Sarah schloss den Laptop. Das Geheimnis der Raben war gelüftet - aber der gefährlichste Teil ihrer Arbeit stand noch bevor.

Verschlüsselte Nachrichten

Die Nacht war längst hereingebrochen, als Sarah die Muster in den Dokumenten erkannte. Was zunächst wie belanglose Schulkorrespondenz aussah, enthüllte bei genauerer Betrachtung ein ausgeklügeltes Kommunikationssystem.

"Sehen Sie hier", sagte sie zu Thalheim und deutete auf verschiedene Briefe. "Die ersten Buchstaben jedes dritten Wortes. Sie bilden eigene Nachrichten."

Thalheim beugte sich vor. "Clever. Versteckt in offiziellen Dokumenten."

Sarah hatte bereits begonnen, die verborgenen Botschaften zu entschlüsseln:
"Weber kompromittiert - Situation kritisch - Tochter weiß zu viel"
"Koch fordert sofortige Maßnahmen - Tradition muss geschützt werden"
"Hartmann übernimmt Säuberung - keine Spuren"

"Die Briefe sind alle aus der Zeit kurz vor Janas Tod", murmelte Sarah. "Sie haben ihr Ende systematisch geplant."

Weitere Dokumente offenbarten ein Netz aus Erpressung und Kontrolle. Ehemalige Rabenmitglieder in Führungspositionen wurden durch belastendes Material gefügig gehalten. Wer aussteigen wollte, bekam "Erinnerungen" an vergangene Verfehlungen.

"Die Liste der involvierten Familien ist beeindruckend", sagte Thalheim. "Politiker, Richter, Wirtschaftsbosse - alle haben ihre Kinder hier."

Sarah öffnete eine verschlüsselte Datei von Janas Laptop. "Hier. Die Verbindung zu früheren Fällen. 1984 - Elisabeth Kaufmann. 2004 - Marie Koch. Jedes Mal dasselbe Muster."

Die Rolle des Internatsleiters Dr. Koch wurde immer deutlicher. Als Nachfolger seines Vaters hatte er das System perfektioniert. Die Schulstiftung diente als Fassade für Geldwäsche und Einflussnahme.

"Er nutzt die Tradition der Raben als Druckmittel", erkannte Sarah. "Die Aufnahmerituale sind nur der Anfang. Wer einmal drin ist, kommt nicht mehr raus."

Ein weiteres verschlüsseltes Dokument enthüllte Details über "Säuberungsaktionen". Unbequeme Zeugen wurden systematisch zum Schweigen gebracht - durch Erpressung, fingierte Unfälle oder, wie bei Jana und Marie, durch inszenierte Selbstmorde.

Sarahs Handy vibrierte. Eine Nachricht von Emma aus dem Krankenhaus: "Ich erinnere mich. Der Keller. Das Buch. Die Namen."

"Sie kommt zu sich", sagte Sarah. "Wir müssen sie schützen."

In diesem Moment klopfte es. Herr Lang stand in der Tür, bleich und zitternd. "Sie müssen etwas sehen", flüsterte er. "In den alten Serverdaten. Es gibt Aufzeichnungen von allen Ritualen. Seit Jahren."

Sarah folgte ihm in den Serverraum. Auf den Bildschirmen erschienen Szenen nächtlicher Treffen, vermummte Gestalten, ein aufgeschlagenes Buch mit Listen von Namen.

"Das erklärt alles", murmelte Sarah. "Die Macht der Raben basiert auf diesem Archiv. Jeder ist kompromittiert."

Sie begann sofort, die Daten zu sichern. Das war der entscheidende Beweis, den sie brauchten. Die Dokumentation jahrzehntelanger systematischer Manipulation und Kontrolle.

Draußen kreisten die Raben wie schwarze Schatten vor dem Nachthimmel. Aber ihr Krächzen klang nicht mehr bedrohlich. Es klang wie ein Abgesang auf eine Ära der Macht, die ihrem Ende entgegenging.

Der erste Verdacht

Das Morgenlicht kroch durch die Fenster von Sarahs Büro, während sie die vier Personalakten vor sich ausbreitete. Das Führungsquartett der Rabengesellschaft: Dr. Koch, Dr. Hartmann, Dr. Weber und Sophia Huber. Jeder mit einer präzise definierten Rolle im System.

"Es ist wie ein perfekt choreografierter Tanz", erklärte sie Thalheim. "Koch als das respektable Gesicht nach außen, Hartmann als Organisator der Rituale, Dr. Weber als medizinische Autorität und Sophia als Verbindungsglied zur jüngeren Generation."

Die Beweise waren erdrückend. Aus Dr. Webers Krankenstation stammten die Medikamente, die bei Emma gefunden wurden. Ihre Unterschrift prangte unter dubiosen Totenscheinen der vergangenen Jahre. Als Schulärztin hatte sie die perfekte Position, um "Unfälle" zu dokumentieren und Spuren zu verwischen.

"Dr. Weber war von Anfang an dabei", murmelte Sarah. "Seit den 80er Jahren. Sie hat das System mit aufgebaut, während sie hier als junge Ärztin anfing."

Thalheim deutete auf Sophias Akte. "Und ihre Schülerin führt das Werk fort."

Die Verbindungen wurden immer deutlicher. In Sophias Büro hatten sie Unterlagen gefunden, die ihre zentrale Rolle bei der Überwachung der Schüler dokumentierten. Als ehemalige Rabenträgerin und jetzige Lehrerin hatte sie den perfekten Überblick.

"Sophia war es, die Jana zuerst konfrontierte", sagte Sarah. "Sie berichtete direkt an Dr. Weber - die eigene Mutter verraten durch ihre engste Vertraute."

Ein Klopfen unterbrach sie. Emma stand in der Tür, noch blass, aber gefasst. "Ich erinnere mich an mehr", sagte sie leise. "Dr. Weber war dabei, als sie mich holten. Sie hat die Spritze vorbereitet, während Sophia..."

Sarah nickte grimmig. "Das passt ins Muster. Weber stellt die Mittel bereit, Sophia identifiziert die Ziele, Hartmann führt die 'Säuberung' durch, und Koch sorgt für die offizielle Version."

Die Spurensicherung meldete neue Funde: Auf dem Handschuh aus dem Turm waren nicht nur Hartmanns DNA-Spuren, sondern auch Fasern von Sophias charakteristischem schwarzen Schal. In Dr. Webers Praxis fanden sie ein verstecktes Archiv mit manipulierten Krankenakten.

"Sie wurden unvorsichtig", sagte Thalheim. "Das System bröckelt."

Sarah betrachtete die Fotos an ihrer Pinnwand. Jana, Marie, und die anderen Opfer der Raben. "Jahrzehntelang funktionierte ihr System perfekt. Dr. Weber als Wächterin über Leben und Tod, die anderen als ihre ausführenden Organe."

Die Finanzabteilung lieferte den letzten Beweis: Große Summen waren nach jedem "Unfall" von den Stiftungskonten in verschiedene Offshore-Konten geflossen. Unterschriften: Koch und Weber.

"Das ist es", sagte Sarah. "Das vollständige Muster. Eine perfekte Maschinerie aus Macht, Kontrolle und Vertuschung. Aber jetzt..."

Die Raben draußen kreisten unruhig über dem Turm. Sarah griff zum Telefon, wählte die Nummer der Staatsanwaltschaft.

"Wir haben sie. Alle vier. Es wird Zeit, dem Echo der Raben ein Ende zu setzen."

Kapitel 11: Die Hierarchie

Macht im Internat

Sarah saß in ihrem provisorischen Büro und starrte auf die Wand vor ihr, die sich in eine komplexe Mindmap verwandelt hatte. Rote Fäden verbanden Fotos, Dokumente und Notizen, zeichneten ein erschreckendes Bild der Machtverhältnisse in Rabenstein.

"Das geht weit über ein normales Schulhierarchie-System hinaus", erklärte sie Thalheim, der gebannt die Verbindungslinien studierte. "Es ist wie ein Spinnennetz, das sich über Jahrzehnte gebildet hat."

Sie deutete auf einen dicken Ordner mit Kontoauszügen. "Die Eltern zahlen nicht nur Schulgebühren. Es gibt ein ausgeklügeltes System von 'Zusatzspenden'. Je großzügiger die Spende, desto mehr Privilegien für die Kinder."

"Und Koch verwaltet diese Gelder?"

"Nicht direkt. Sie fließen über verschiedene Stiftungen. Aber hier..." Sarah zog ein Dokument hervor. "Der 'Förderverein Rabenstein' wird von einem Gremium geleitet - alles ehemalige Rabenmitglieder. Richter Weber, Staatsanwalt Brunner, Industrieller Kaufmann..."

Thalheim pfiff leise. "Der Schattenrat."

"Genau. Sie treffen sich vierteljährlich im 'Rabenturm' - offiziell für Alumni-Angelegenheiten. Inoffiziell werden dort die wahren Entscheidungen getroffen."

Sarah ging zur Wand, tippte auf verschiedene Fotos. "Koch ist der perfekte Strippenzieher. Er weiß genau, wessen Kind Nachhilfe braucht, wer Probleme mit Drogen hat, welche Familie kurz vor der Pleite steht. Diese Informationen sind Gold wert."

"Erpressung?"

"Subtiler. Gefälligkeiten werden gegen Privilegien getauscht. Der Richter spricht einen Rabenstein-Schüler von Drogenvorwürfen frei - dafür bekommt sein Sohn einen Studienplatz in Oxford. Der Bankier gewährt großzügige Kredite - seine Tochter wird Schulsprecherin."

Sie öffnete ihren Laptop, rief eine verschlüsselte Datei auf. "Das System existiert seit 1924. Damals wurde der erste 'Rabenrat' gegründet. Seither hat jede Generation das Erbe weitergegeben und verfeinert."

"Aber wie kontrollieren sie das alles?"

Sarah lächelte grimmig. "Digitalisierung macht vieles einfacher. Die Schüler-Tablets werden überwacht, E-Mails gefiltert, Social Media gescannt. Aber das Geniale ist: Die Schüler machen freiwillig mit."

Sie zeigte auf eine Liste mit Schülernamen. "Die aktuelle Rabengeneration führt akribisch Buch über ihre Mitschüler. Jede Verfehlung, jede Schwäche wird dokumentiert. Die besten Spitzel werden später selbst aufgenommen."

"Ein sich selbst erhaltendes System", murmelte Thalheim.

"Mit Koch als Spinne im Netz. Er..." Sarah stockte. Ihr Blick fiel auf ein Detail, das sie bisher übersehen hatte. "Moment mal..."

Sie griff nach einem alten Jahrbuch. "Koch war nicht der erste seiner Familie hier. Sein Vater war auch Schulleiter, von 1960 bis 1985. Und sein Großvater..."

"Die Dynastie der Wächter", sagte eine Stimme von der Tür. Emma stand dort, blass aber gefasst. "Jana hat es auch herausgefunden. Die Kochs waren immer die Hüter der Tradition. Deshalb musste sie sterben."

Sarah nickte langsam. "Und deshalb wollten sie auch dich zum Schweigen bringen. Du hast zu tief gegraben."

Die Raben draußen kreisten wie schwarze Schatten vor der untergehenden Sonne. Ihr Krächzen klang wie ein höhnisches Lachen über die Menschen, die glaubten, ihr System durchschauen zu können.

Aber Sarah wusste: Sie waren nah dran. Sehr nah.

Schülernetzwerke

Die Morgensonne warf lange Schatten durch die Fenster der Bibliothek, während Sarah die beschlagnahmten Tablets der Rabenmitglieder auswertete. Was sie fand, übertraf ihre schlimmsten Erwartungen.

"Es ist wie ein soziales Netzwerk der Macht", erklärte sie Thalheim. "Sehen Sie hier." Sie öffnete eine verschlüsselte App. "Sie nennen es 'Rabenwacht'. Jeder Schüler wird systematisch beobachtet und bewertet."

Auf dem Display erschien eine pyramidenförmige Struktur. An der Spitze die aktiven Rabenmitglieder, darunter verschiedene Hierarchieebenen von "Anwärtern", "Informanten" und "Potentiellen".

"Die sammeln Punkte", murmelte Sarah. "Für jede Information, jede Gefälligkeit, jeden Verrat an Mitschülern. Wie ein perverses Spiel."

Emma, die still in der Ecke gesessen hatte, trat näher. "Jana wollte das ändern", sagte sie leise. "Sie meinte, wir könnten die App nutzen, um das System von innen zu reformieren."

Sarah scrollte durch die Chatverläufe. Die Kommunikation war präzise organisiert: Codewörter, verschlüsselte Nachrichten, strikte Protokolle.

"Hier", sie deutete auf einen Thread. "Du warst als potentielle Informantin markiert, Emma. Sie wollten dich rekrutieren."

"Aber ich hab mich geweigert", flüsterte Emma. "Wie Jana. Sie sagten, ich hätte 'Potential'."

Thalheim untersuchte währenddessen die Tablet-Protokolle. "Die älteren Schüler führen regelrecht Bewerbungsgespräche mit den Jüngeren. Es gibt Mentoren, Prüfungen, Aufnahmerituale."

"Eine perfekte Pyramide", nickte Sarah. "Die Spitze kontrolliert alles, aber die wahre Macht liegt in der Masse der kleinen Verrate, der täglichen Überwachung."

Sie öffnete einen verschlüsselten Ordner: "Rabenkrone_2024". Darin fanden sich detaillierte Profile aller Schüler - Schwächen, Geheimnisse, kompromittierende Fotos.

"Jana wollte diesen Ordner löschen", sagte Emma. "All die gesammelten Informationen vernichten. Aber dann..."

"Wurde sie selbst zum Ziel", vollendete Sarah den Satz. Sie studierte die letzten Einträge vor Janas Tod. Die Aktivität im System war explosionsartig angestiegen.

"Sie haben regelrecht Jagd auf sie gemacht", murmelte Thalheim. "Jeder wollte Punkte sammeln, indem er sie bespitzelte."

Sarah nickte grimmig. "Und das Perfide ist: Die meisten Schüler machen mit, weil sie Angst haben, selbst Opfer zu werden. Ein sich selbst erhaltendes System der Angst."

Sie fand einen letzten Eintrag von Jana, kurz vor ihrem Tod: "Das System ist krank. Wir sind alle Gefangene dieser Hierarchie. Aber ich werde es ändern. Koste es, was es wolle."

Emma schluchzte leise. "Sie war so mutig. Und ich... ich hatte zu viel Angst."

"Du hast jetzt die Chance, es wieder gut zu machen", sagte Sarah sanft. "Hilf uns, das System zu zerschlagen. Ein für alle Mal."

Die Raben draußen kreisten wie dunkle Wächter über dem Internat. Aber ihr Krächzen klang nicht mehr bedrohlich - es klang verzweifelt, als spürten sie, dass ihre Herrschaft zu Ende ging.

Sarah schloss entschlossen den Laptop. Das digitale Netzwerk der Macht hatte seine Geheimnisse preisgegeben. Jetzt galt es, die realen Strippen zu kappen.

Lehrerkonflikte

Der Regen trommelte gegen die Fenster des Lehrerzimmers, als Sarah die junge Biologielehrerin Frau Becker befragte. Die 28-Jährige wirkte nervös, ihre Hände zitterten, als sie von den vergangenen Monaten berichtete.

"Es fing harmlos an", sagte sie leise. "Kleine Sticheleien, verschwundene Unterrichtsmaterialien, Beschwerden über meine 'zu modernen' Methoden. Aber dann..."

"Wurde es systematisch", ergänzte Sarah. Vor ihr lag eine Akte mit ähnlichen Fällen. Lehrer, die das Internat verlassen hatten - offiziell aus persönlichen Gründen.

"Dr. Hartmann leitet die Fachkonferenzen", fuhr Frau Becker fort. "Wer nicht seiner Linie folgt, wird... isoliert. Erst subtil, dann deutlicher. Manche Kollegen sprechen nicht mehr mit mir."

Sarah notierte sich die Namen der "traditionellen Fraktion": Hartmann, Weber, Koch, Huber. Die gleichen Namen, die auch im Zusammenhang mit den Raben auftauchten.

"Marie hatte ähnliche Probleme", sagte Thalheim, der alte Protokolle durchsah. "Sie wollte den Literaturunterricht modernisieren, weg von den starren Interpretationsvorgaben."

"Und dafür musste sie sterben?" Frau Becker wurde blass.

"Es ging um mehr", erwiderte Sarah. "Marie hatte Beweise für systematisches Mobbing gefunden. Dokumentierte, wie kritische Stimmen zum Schweigen gebracht wurden."

Ein weiteres Gespräch, diesmal mit dem Physiklehrer Dr. Schmidt, bestätigte das Muster. "Wer aufmuckt, verschwindet", sagte er bitter. "Erst werden die Unterrichtsstunden gekürzt, dann kommen plötzlich Beschwerden von Eltern, schließlich findet sich eine 'passendere' Stelle an einer anderen Schule."

Sarah untersuchte die Personalakten der letzten zehn Jahre. Das Muster war eindeutig: Innovative Lehrer wurden systematisch verdrängt, ersetzt durch "Traditionsbewusste" - oft ehemalige Rabenstein-Schüler.

"Es ist ein geschlossenes System", murmelte sie. "Die Raben reproduzieren sich selbst, Generation für Generation."

Ein anonymer Brief einer ehemaligen Lehrerin brachte weitere Details ans Licht: "Hartmann führt schwarze Listen. Wer sich gegen das System stellt, wird systematisch diskreditiert. Marie wusste davon. Sie wollte es öffentlich machen."

"Und Jana?" fragte Thalheim.

"Sie muss die alten Unterlagen gefunden haben", sagte Sarah. "Die Verbindung zwischen Maries Tod und dem Mobbing-System."

In diesem Moment betrat Dr. Hartmann das Lehrerzimmer. Sein Blick fiel auf die ausgebreiteten Akten. Für einen Moment entgleisten seine Gesichtszüge.

"Das sind vertrauliche Personalangelegenheiten", sagte er scharf.

"Die Teil einer Mordermittlung sind", erwiderte Sarah kühl. "Oder wollen Sie erklären, warum in Maries Akte

Seiten fehlen? Genau die Seiten, die ihre Beschwerden dokumentieren?"

Hartmann wurde blass. "Das ist lange her. Marie hatte... psychische Probleme."

"Wie viele ihrer Kritiker", sagte Sarah. "Erstaunlich, wie oft psychische Probleme auftreten, wenn jemand das System hinterfragt."

Der Regen draußen wurde stärker, als wolle er die wachsende Spannung im Raum übertönen. Sarah sah, wie sich die Lehrer in zwei Gruppen teilten - die einen wichen zurück, die anderen stellten sich demonstrativ hinter Hartmann.

Die Spaltung im Kollegium war mehr als ein gewöhnlicher Generationenkonflikt. Es war der sichtbare Ausdruck eines Systems, das auf Kontrolle und Angst basierte.

"Das wird Konsequenzen haben", zischte Hartmann beim Hinausgehen.

"Ja", sagte Sarah leise. "Aber diesmal für die richtigen Personen."

Die Raben draußen kreisten aufgeregt. Der Sturm nahm zu, als ahnten sie, dass ihr Reich zu bröckeln begann.

Kapitel 12: Nächtliche Wahrheiten

Mitternachtstreffen

Der Vollmond warf sein silbriges Licht durch die schmalen Kellerfenster, als Sarah sich hinter einer der massiven Säulen im Gewölbe verbarg. Die feuchte Kälte kroch durch ihre Kleidung, während sie das gespenstische Schauspiel vor sich beobachtete.

Zwölf Gestalten in schwarzen Roben hatten sich im Halbkreis aufgestellt. An ihrer Spitze Dr. Hartmann, kenntlich an seiner charakteristischen Haltung. Der Raum war nur von Kerzen erhellt, deren Flammen unruhig im Luftzug tanzten.

"Die Nacht der Prüfung ist gekommen", hallte Hartmanns Stimme durch das Gewölbe. "Mögen die Raben uns günstig sein."

Sarah erkannte Sophia an ihrem Gang, als diese vortrat. Um ihren Hals glänzte der Rabenanhänger - Janas alter Anhänger. Das Licht der Kerzen ließ das Metall bedrohlich aufblitzen.

"Führt die Kandidaten herein", befahl Sophia.

Zwei vermummte Gestalten brachten drei Schüler in den Raum. Ihre Gesichter waren verhüllt, aber an ihrer Haltung erkannte Sarah, dass sie zitterten.

"Ihr wurdet auserwählt", sprach Hartmann. "Die Tradition der Raben lebt durch euch weiter. Aber erst müsst ihr eure Würdigkeit beweisen."

Sarah unterdrückte einen Schreckenslaut, als sie sah, wie einer der Vermummten ein altes Buch hervorholte

- dasselbe Buch, das in Janas Aufzeichnungen erwähnt wurde.

"Sprecht den Eid", forderte Sophia. Ihre Stimme klang fremd, fast verzerrt.

Die Kandidaten mussten vortreten und ihre Hände auf das Buch legen. "Ich schwöre bei den Raben..."

Ein plötzliches Geräusch ließ alle herumfahren. Emma stand im Eingang zum Gewölbe, bleich aber aufrecht.

"Das Ritual ist ungültig", sagte sie mit fester Stimme. "Ihr habt kein Recht mehr darauf."

Sophia machte eine schnelle Bewegung zu ihrer Robe, aber Dr. Hartmann hielt sie zurück. "Nicht hier", zischte er. "Nicht jetzt."

Die Spannung im Raum war greifbar. Sarah griff nach ihrem Handy, bereit, Thalheim zu alarmieren.

"Du hast hier nichts verloren", sagte Sophia zu Emma. Der Rabenanhänger an ihrem Hals schien im Kerzenlicht zu pulsieren.

"Ich habe jedes Recht", erwiderte Emma. "Jana hat mir alles erzählt. Über die wahren Rituale. Über das, was ihr vertuscht."

Ein Raunen ging durch die vermummten Gestalten. Sarah sah, wie einige nervös zu Dr. Hartmann blickten.

"Führt die Kandidaten hinaus", befahl er scharf. "Die Zeremonie wird verschoben."

Während die verängstigten Schüler abgeführt wurden, baute sich Sophia vor Emma auf. "Du spielst ein gefährliches Spiel."

"Nein", sagte Emma ruhig. "Das Spiel ist vorbei. Jana hat dafür gesorgt."

Sarah hielt den Atem an. Was wusste Emma? Was hatte Jana ihr noch anvertraut?

Das Ritual löste sich in hastiger Unordnung auf. Die Vermummten verschwanden in den dunklen Gängen, nur Hartmann, Sophia und Emma blieben zurück.

"Wir sprechen morgen", sagte Hartmann mit eisiger Stimme zu Emma. "Unter vier Augen."

Sarah wartete, bis alle gegangen waren, dann huschte sie aus ihrem Versteck. Der Kellerraum roch nach Kerzenwachs und alter Angst.

Auf dem Boden lag etwas Metallisches - ein kleiner Schlüssel, den jemand verloren hatte. Sarah steckte ihn ein, während draußen die Raben ihre nächtliche Wache hielten.

Das Ritual war unterbrochen worden, aber Sarah ahnte, dass dies erst der Anfang einer noch dunkleren Nacht war.

Geständnisse

Der Morgen nach dem unterbrochenen Ritual dämmerte grau und kalt über Rabenstein. Sarah hatte Emma in ihr Büro gebeten - weit weg vom Kellergewölbe, wo noch immer der Geruch von Kerzenwachs und Geheimnissen hing.

"Ich war dort", sagte Emma leise. Ihre Hände umklammerten eine Tasse heißen Tee. "An dem Abend, als Jana..." Sie stockte, holte tief Luft. "Ich habe sie mit Dr. Hartmann streiten sehen. Vor seinem Büro."

Sarah lehnte sich vor. "Was haben sie gesagt?"

"Jana hatte Unterlagen. Über Geldwäsche durch die Schulstiftung. Sophia hatte versucht, sie damit zu erpressen - aber Jana..." Emma lächelte bitter. "Jana war mutiger als ich. Sie wollte alles öffentlich machen."

"Was für Unterlagen?"

"Verschleierte Zahlungen. Dr. Weber stellte falsche Rezepte aus, teure Medikamente. Das Geld floss in schwarze Kassen. Und Koch..." Emma zitterte. "Er unterschrieb die Abrechnungen. Alles perfekt getarnt als medizinische Ausgaben."

Sarah machte sich Notizen. Das System war perfider als gedacht. "Und Hartmann?"

"Er drohte ihr", fuhr Emma fort. "Sagte, wenn sie nicht schweigt, würde sie ein ähnliches Schicksal erleiden wie andere 'Problemfälle' vor ihr. Jana aber lachte nur und erwiderte, sie hätte Beweise für weitere geplante 'Unfälle'." Emma schluckte schwer. "Mein Name stand auch auf der Liste."

In diesem Moment klopfte es. Thalheim trat ein, in der Hand einen Ordner. "Die Laborergebnisse von Dr. Webers Praxis. Die Medikamentenbestände stimmen nicht mit den Abrechnungen überein. Millionen fehlen."

Sarah nickte grimmig. "Das erklärt die häufigen Besuche des Apothekers. Und die merkwürdigen Lieferungen nachts."

"Es gibt mehr", flüsterte Emma. "Dr. Weber... sie experimentierte. An uns Schülern. Neue Medikamente, nicht zugelassen. Jana hatte die Versuchsprotokolle gefunden."

Die Enthüllungen wurden immer erschreckender. "Deshalb die vielen 'Nervenzusammenbrüche' in der Krankenstation", murmelte Sarah.

"Sophia wusste davon", fuhr Emma fort. "Sie half bei der Auswahl der... Versuchspersonen. Die Schwächsten, die Außenseiter. Die, die niemand vermissen würde."

Thalheim fluchte leise. "Und Koch deckte alles?"

"Er profitierte am meisten davon. Die Pharmafirmen zahlten gut für die illegalen Tests. Das Geld floss in private Konten, getarnt als Stiftungsgelder."

Sarah stand auf, ging zum Fenster. Die Raben draußen wirkten unruhig. "Was geschah dann? An jenem Abend?"

Emma schloss die Augen. "Nach dem Streit ging Jana zum Turm. Sie wollte die Unterlagen dort verstecken. Ich folgte ihr, aber..." Ihre Stimme brach. "Dann kamen die anderen. Hartmann, Sophia, Dr. Weber. Sie umringten sie..."

"Du warst Augenzeugin", sagte Sarah sanft.

Emma nickte, Tränen liefen über ihre Wangen. "Sie nahmen ihr die Dokumente ab. Aber Jana hatte Kopien gemacht. Das machte sie rasend. Dr. Weber zog eine Spritze..."

"Deshalb solltest auch du sterben", schloss Thalheim. "Du hattest zu viel gesehen."

"Sie planen weitere 'Unfälle'", sagte Emma. "Ich habe die Liste gesehen. Drei Namen. Schüler, die zu viel wissen oder zu viele Fragen stellen."

Sarah griff zum Telefon. "Wir brauchen sofort Schutz für diese Schüler. Und einen Durchsuchungsbefehl für Dr. Webers Praxis."

Die Morgensonne brach durch die Wolken, als wolle sie die düsteren Geheimnisse der Nacht vertreiben. Aber Sarah wusste: Dies war erst der Anfang. Die wahren Abgründe von Rabenstein würden noch viel tiefer reichen.

Neue Verdächtige

Die Abenddämmerung legte sich über Rabenstein, als Sarah die Hausmeisterwohnung erreichte. Müller öffnete erst beim dritten Klingeln, sein Gesicht verschlossen wie die schweren Türen des Internats.

"Herr Müller", begann Sarah, "wir müssen über den Herbst 2004 sprechen."

Seine Augen flackerten kurz. "Das ist lange her."

"Marie Kochs Tod. Sie waren damals schon hier." Sarah beobachtete seine Reaktion genau. "Und Sie hatten Zugangscodes für alle Bereiche."

Müller trat zur Seite, ließ sie widerwillig ein. Die Wohnung war spartanisch eingerichtet, aber an den Wänden hingen alte Fotos des Internats. Eines zeigte den Rabenturm - vor dem Umbau 2004.

"Ich mache nur meinen Job", sagte er defensiv. "Die Codes, die Kameras... das gehört dazu."

"Auch das Ausschalten der Überwachung an bestimmten Tagen?"

Müller erbleichte. "Dr. Weber... sie sagte, es wären Wartungsarbeiten."

"Die Schulärztin gibt Ihnen Anweisungen zur Sicherheitstechnik?"

"Sie... hat Einfluss. Mehr als man denkt." Er warf einen nervösen Blick aus dem Fenster. "Damals, bei Marie... ich sollte die Bänder löschen."

Sarah lehnte sich vor. "Und bei Jana?"

"Das gleiche Muster. 'Routinewartung' sagten sie. Aber diesmal..." Er stockte.

"Diesmal was?"

"Ich habe Kopien gemacht. Versteckt. Man weiß ja nie..." Er ging zu einem alten Schrank, zog eine lose Diele hervor.

In diesem Moment klopfte es scharf. "Herr Müller? Sicherheitsdienst. Routinekontrolle."

Müller erstarrte. "Die dürfen Sie hier nicht finden", flüsterte er hastig. "In meinem Schuppen, unter der dritten Palette... schnell!"

Sarah verschwand durch die Hintertür, während Müller öffnete. Die Stimme des Sicherheitsmanns klang seltsam autoritär für eine "Routinekontrolle".

Im Schuppen fand sie, wonach sie suchte: Eine alte Festplatte, sorgfältig in Öltuch eingewickelt. Daneben lag ein Notizbuch - Müllers Aufzeichnungen über Jahre.

"2004: M.K. Turm nach Mitternacht. Kamera 3 ausgefallen."
"2015: Wartung im Ostflügel. Dr. W. spezieller Auftrag."
"2023: J.W. Turmzugang. Neue Codes auf Anweisung."

Die Einträge waren knapp, aber aufschlussreich. Müller hatte systematisch protokolliert - seine eigene Absicherung.

Als sie zum Hauptgebäude zurückkehrte, sah sie den Sicherheitsdienst mit Müller im Gespräch. Sein Gesicht war aschfahl.

Thalheim erwartete sie in ihrem Büro. "Der Sicherheitschef, Stolte", sagte er ohne Umschweife. "Er war 2004
Polizist - und leitete die Ermittlungen zu Marie Koch."

"Und jetzt arbeitet er hier?" Sarah betrachtete die Festplatte in ihrer Hand. "Das ist kein Zufall."

"Es kommt noch besser", fuhr Thalheim fort. "Er ist mit
Dr. Webers Schwester verheiratet. Die Familie hält zusammen."

Sarah öffnete Müllers Notizbuch. "Hier, Juni 2004:
'Stolte übernimmt Sicherheit. Neue Protokolle.' Sie haben das System perfektioniert."

"Ein Wächter, der die Wächter überwacht", murmelte
Thalheim.

Die Festplatte enthielt, was sie vermutet hatten: Gelöschte Überwachungsvideos, systematisch archiviert.
Marie Koch, andere "Unfälle" - und Jana.

"Sie haben Müller benutzt", sagte Sarah. "Er war ihr
Mann für die technische Seite. Aber er hat sich abgesi-
chert."

"Und jetzt?"

"Jetzt wissen wir, dass der Kreis größer ist als gedacht.
Die Schulärztin, der Sicherheitschef, der Hausmeister -
alle haben ihre Rolle."

Die Raben draußen schienen unruhiger als sonst. Sarah
betrachtete die Notizen, die Videos, die sorgsam dokumentierte Geschichte von Macht und Kontrolle.

"Das zweite Opfer", sagte sie langsam. "Es war kein Zufall. Es war eine Warnung an alle, die zu viel wussten."

Wie Müller. Wie Emma. Wie Jana.

Der Kreis der Verdächtigen wuchs, aber damit auch die Gefahr. Denn je mehr Menschen in ein Geheimnis eingeweiht sind, desto größer wird die Verzweiflung, es zu bewahren.

Kapitel 13: Dunkle Verbindungen

Erpressungen aufgedeckt

Das Archiv im Kellergeschoss von Rabenstein war ein Labyrinth aus Metallregalen und verstaubten Aktenordnern. Sarah hatte sich den Zugang nur durch einen richterlichen Beschluss erkämpfen können - zu wichtig waren die Unterlagen, die hier lagerten.

"Die systematische Ablage beginnt 1998", sagte Thalheim, der neben ihr die Regale durchging. "Alles fein säuberlich nach Jahren sortiert."

Sarah zog einen schwarzen Ordner heraus. "Project Corvus" stand in goldenen Lettern auf dem Rücken. Darin fand sie, was sie gesucht hatte: Listen mit Namen, Beträgen, Gefälligkeiten.

"Es ist ein regelrechtes Buchführungssystem", murmelte sie. "Jede Erpressung, jede Zahlung wurde dokumentiert."

Die Einträge waren verschlüsselt, aber das Muster war erkennbar. Initialen, Datumsangaben, Beträge - und daneben Vermerke wie "Schulplatz gesichert" oder "Problem gelöst".

"Hier", Thalheim deutete auf einen Eintrag von 2020. "M.B. - das muss Sophias Vater sein. Marcus Berger, der Bauunternehmer."

Sarah nickte grimmig. "Eine Million Euro als 'Spende' - direkt nachdem sein Unternehmen den Auftrag für den Internatsneubau bekam."

Weitere Ordner enthüllten das System in seiner ganzen Perfidie. Koch hatte über Jahre Informationen über einflussreiche Eltern gesammelt. Steuerhinterziehung, Affären, geschäftliche Unregelmäßigkeiten - alles wurde dokumentiert und bei Bedarf als Druckmittel eingesetzt.

"Die Rabengesellschaft war nie nur ein Schülerclub", sagte Sarah. "Sie war die perfekte Tarnung für ein ausgeklügeltes Erpressungssystem."

Ein USB-Stick, versteckt in einem hohlen Buchrücken, enthielt die digitale Entsprechung der Akten. Verschlüsselt, aber Sarah erkannte das Format.

"Das gleiche System wie auf Janas Laptop", sagte sie. "Sie muss es hier gefunden haben."

Thalheim blätterte durch weitere Unterlagen. "Koch war clever. Er hat die Zahlungen über verschiedene Stiftungskonten laufen lassen. Alles scheinbar legal."

"Aber Sophia's Vater war der Schlüssel", ergänzte Sarah. "Seine Baufirma diente als Durchlaufstation für die Gelder. Deshalb war seine Tochter so wichtig für das System."

Ein weiterer Ordner enthielt Fotos - heimliche Aufnahmen von Treffen, übergabene Umschläge, vertrauliche Gespräche. Die Rabengesellschaft hatte nichts dem Zufall überlassen.

"Sie haben die Schüler benutzt", sagte Sarah bitter. "Die Raben waren ihre Augen und Ohren. Perfekte Spione in den Familien ihrer Mitschüler."

"Und wer nicht mitspielte..."

"...wurde zum Beispiel gemacht." Sarah dachte an Jana, an Marie Koch. "Oder seine Familie wurde erpresst."

Plötzlich erstarrte sie. In einem der neueren Ordner fand sie Unterlagen über Emma - und ihre Familie. Fotos von geheimen Treffen, kompromittierende E-Mails.

"Sie hatten sie in der Hand", flüsterte sie. "Deshalb musste Jana sterben. Sie wollte Emma davor bewahren, ins System gezogen zu werden."

Die Raben draußen krächzten, als spürten sie, dass ihre dunklen Geheimnisse ans Licht kamen. Sarah packte die wichtigsten Unterlagen ein. Dies war der Beweis, den sie gebraucht hatte.

"Wir müssen Koch und die anderen sofort festnehmen", sagte Thalheim.

Aber Sarah schüttelte den Kopf. "Noch nicht. Erst müssen wir Sophia's Vater haben. Er ist der Schlüssel zu allem."

Sie schloss das Archiv ab, die belastenden Dokumente sicher verstaut. Der Kreis schloss sich - aber die gefährlichsten Raben waren noch in Freiheit.

Die wahren Raben

Sarah saß in ihrem Büro und starrte auf die Wand von Fotos vor ihr. Jahresfotos der Rabengesellschaft, säuberlich nach Dekaden sortiert. Die gleichen stolzen Posen, die gleichen selbstgefälligen Lächeln - Generation um Generation.

"Die Alumni-Treffen finden immer zur Wintersonnenwende statt", sagte Thalheim und legte einen weiteren Ordner auf den Tisch. "Im alten Turm, fernab der offiziellen Schulveranstaltungen."

Die Fotos der nächtlichen Zusammenkünfte zeigten bekannte Gesichter: Den Bürgermeister, mehrere Stadträte, Richter Brand vom Landgericht, führende Wirtschaftsgrößen der Region. Alle ehemalige Raben.

"Es ist wie ein Spinnennetz", murmelte Sarah. "Die aktuellen Schüler sind nur die sichtbare Spitze. Darunter liegt ein Netzwerk aus Macht und Einfluss, das sich über Jahrzehnte aufgebaut hat."

Ein Protokoll von 2019 enthüllte Dr. Webers zentrale Rolle. Als Schulärztin hatte sie den perfekten Vorwand für regelmäßige Kontakte zu allen Schülern. Gleichzeitig fungierte sie als Verbindungsglied zu den Alumni.

"Hier", Sarah deutete auf einen Eintrag. "Monatliche Berichte über 'förderungswürdige Talente'. Sie hat die Schüler systematisch beobachtet und ausgewählt."

Die Übergaberituale waren präzise dokumentiert. Jeder neue Rabe erhielt nicht nur seinen Anhänger, sondern auch Zugang zu einem Teil des Archivs - und damit zu den Geheimnissen, die seine Vorgänger gesammelt hatten.

"Die Macht wurde nie wirklich weitergegeben", erkannte Sarah. "Die Alumni behielten immer die Kontrolle. Die Schüler waren nur Werkzeuge."

Thalheim nickte grimmig. "Und wer nicht spurte..." Er schob ein Foto von Marie Koch über den Tisch.

Ein weiteres Dokument erregte Sarahs Aufmerksamkeit: Eine Liste mit "Interventionen". Dahinter Erfolgsmeldungen wie "Bauauftrag gesichert", "Richterposten bestätigt", "Konkurrenz ausgeschaltet".

"Sie haben sich gegenseitig die Karriereleiter hochgeholfen", sagte sie. "Während sie gleichzeitig Außenseiter systematisch blockierten."

Dr. Webers Handschrift tauchte überall auf. Gutachten über "psychische Instabilität" von Kritikern, medizinische Atteste für convenient Abwesenheiten, Verschreibungen von "beruhigenden" Medikamenten.

"Jana muss das alles entdeckt haben", sagte Thalheim leise. "Vielleicht durch ihre Mutter..."

"Die ihr eigenes Kind nicht schützen konnte. Oder wollte." Sarah stand auf, ging zum Fenster. Die Raben draußen wirkten wie stumme Wächter einer dunklen Tradition.

Ein USB-Stick enthielt Videoaufnahmen der Treffen. Sarah erkannte das Ritual: Die Übergabe alter Dokumente, das Sprechen jahrhundertealter Eide, das Versprechen ewiger Loyalität.

"Sie haben einen Staat im Staate geschaffen", sagte sie. "Eine verschworene Gemeinschaft, die sich ihre eigenen Gesetze macht."

"Und jetzt?"

"Jetzt haben wir sie." Sarah deutete auf die gesammelten Beweise. "Die Alumni, die aktuelle Führung, das ganze System. Es wird Zeit, dass die wahren Raben ihre Masken fallen lassen."

Die Dämmerung legte sich über Rabenstein, als Sarah die letzten Dokumente sortierte. Das Echo der Vergangenheit hallte durch die Gänge - aber diesmal würde es nicht ungehört verhallen.

Korruption im Kollegium

Der Morgen graute über Rabenstein, als Sarah die Personalakten auf ihrem Schreibtisch ausbreitete. Die Dokumente, die sie im Archiv gefunden hatte, zeichneten ein erschreckendes Bild systematischer Korruption.

"Sehen Sie sich das an", sagte sie zu Thalheim und schob ihm eine Liste zu. "Monatliche Zahlungen an mindestens sechs Lehrer, getarnt als 'Sonderzulagen für außerschulische Aktivitäten'."

Thalheim überflog die Namen. "Interessant. Alle in Schlüsselpositionen. Klassenleiter der Oberstufe, Vertrauenslehrer, Prüfungskoordinatoren..."

"Dr. Hartmann war der Drehpunkt", fuhr Sarah fort und zog einen weiteren Ordner heran. "Als stellvertretender Schulleiter hatte er Zugang zu allen Personalakten. Er wusste genau, wen man kaufen konnte - und wen man loswerden musste."

Die manipulierten Akten waren geschickt gefälscht. Negative Beurteilungen für kritische Stimmen, plötzliche "gesundheitliche Probleme" bei unbequemen Kollegen, erzwungene Versetzungen nach konstruierten Vorfällen.

"Hier", Sarah deutete auf einen Eintrag. "Frau Becker, Biologielehrerin. Sie hatte Fragen zu auffälligen Notensprüngen gestellt. Zwei Wochen später ein angeblicher Nervenzusammenbruch, diagnostiziert von Dr. Weber."

"Und die Noten?"

Sarah öffnete einen verschlüsselten Ordner auf ihrem Laptop. "Ein perfektes System. Schüler aus einflussreichen Familien bekamen bessere Bewertungen, während andere systematisch kleiner gehalten wurden. Die Lehrer wurden für ihre Kooperation bezahlt - oder erpresst."

"Mit was?"

"Allem Möglichen. Private Schulden, außereheliche Affären, gefälschte Qualifikationen..." Sarah seufzte. "Dr. Hartmann hatte für jeden etwas in der Hinterhand."

Ein besonders brisantes Dokument zeigte die Verbindung zur Schulleitung. Koch hatte die manipulierten Noten nicht nur geduldet, sondern aktiv gefördert. Beste Abschlüsse für die Kinder wichtiger Gönner bedeuteten weitere Spenden, mehr Einfluss, größere Macht.

"Das erklärt auch die seltsamen Aufnahmeentscheidungen", murmelte Thalheim. "Manche Schüler wurden trotz mittelmäßiger Leistungen aufgenommen, andere trotz exzellenter Noten abgelehnt."

"Die Rabengesellschaft brauchte formbare Charaktere", sagte Sarah. "Keine kritischen Denker."

In einer verschlossenen Schublade fanden sie weitere Belege. Quittungen über "Fortbildungen", die nie stattfanden. Unterschlagene Fördergelder. Gefälschte Verwendungsnachweise.

"Dr. Hartmann war clever", sagte Sarah. "Er hat jeden Lehrer individuell angegangen. Einige mit Geld, andere mit Drohungen. Aber alle waren irgendwie verstrickt."

"Und wer sich weigerte?"

Sarah zog ein Foto hervor. Es zeigte eine Gruppe Lehrer bei einer Konferenz - mit einem rot durchgestrichenen Gesicht. "Der wurde zum Problem. Und Probleme wurden in Rabenstein auf ihre ganz eigene Art gelöst."

Thalheim betrachtete die systematische Dokumentation der Korruption. "Das muss Jahre gedauert haben, so ein System aufzubauen."

"Generationen", korrigierte Sarah. "Die ersten Einträge gehen bis in die 80er Jahre zurück. Jede neue Schulleitung hat das System verfeinert, ausgebaut, perfektioniert."

Sie stand auf und ging zum Fenster. Die Raben draußen schienen sie höhnisch anzustarren. "Das Schlimmste ist: Es funktionierte. Perfekte Abschlüsse, exzellente Statistiken, ein makelloser Ruf nach außen."

"Bis Jana anfing, Fragen zu stellen."

Sarah nickte grimmig. "Und jetzt stellen wir Fragen. Sehr viele Fragen."

Sie begann, die Dokumente zu sortieren. Beweise für die Staatsanwaltschaft, Material für interne Ermittlungen, Grundlagen für eine komplette Neuordnung des Systems.

"Das wird ein Erdbeben", sagte Thalheim leise.

"Ja", erwiderte Sarah. "Und es wird Zeit, dass diese Mauern erschüttert werden."

Die Morgensonne warf lange Schatten durch die gotischen Fenster. Ein neuer Tag in Rabenstein begann - vielleicht einer der letzten des alten Systems.

Kapitel 14: Die Flucht

Panik im Internat

Es war kurz nach Mitternacht, als die ersten Polizeiwagen mit gedimmtem Licht auf das Internatsgelände rollten. Sarah beobachtete vom Fenster ihres Büros, wie sich die Beamten strategisch um das Hauptgebäude positionierten.

Ein gellender Schrei hallte durch die Gänge, als die Polizei das Zimmer von Felix Meyer stürmte. Der Erstklässler war aus dem Schlaf gerissen worden, als das Einsatzkommando die Tür aufbrach - sie hatten einen Hinweis erhalten, dass Dr. Hartmann sich in den Schülerunterkünften versteckt hielt. Stattdessen fanden sie nur den verängstigten Jungen und zwei weitere Schüler, die hastig versuchten, Unterlagen in einem Kamin zu verbrennen.

Türen wurden aufgerissen, verschlafene Schüler drängten sich in den Korridoren. Einige noch in Pyjamas, andere hastig angezogen. Die nächtliche Durchsuchungsaktion hatte das Internat in Aufruhr versetzt. Das geordnete System Rabenstein zerfiel binnen Minuten in Chaos

"Sophia ist verschwunden", keuchte Emma, die in Sarahs Büro stürmte. "Sie war in Dr. Hartmanns Büro, hat Akten verbrannt. Ich habe den Rauch gerochen."

Sarah griff zum Telefon. "Thalheim? Durchsuchen Sie Hartmanns Büro. Sofort."

Durch die Fenster sah sie, wie mehrere Schüler mit Taschen über den verschneiten Innenhof hasteten. Die Raben über dem Turm kreisten aufgeregt, als spürten sie den Zusammenbruch ihrer Dynastie.

Koch stand im Eingang der Verwaltung, versuchte mit lauter Stimme Ordnung in das Chaos zu bringen. "Alle Schüler begeben sich umgehend in ihre Zimmer! Dies ist eine polizeiliche Maßnahme, bitte bewahren Sie Ruhe!"

Aber seine Autorität bröckelte sichtbar. Jahrzehnte der Kontrolle lösten sich in dieser Nacht auf.

"Dr. Hartmann ist über den Westausgang geflohen", meldete ein Polizist über Funk. "Ein schwarzer BMW wurde in Richtung Stadtgrenze gesichtet."

Sarah eilte durch die Korridore. Überall herrschte hektische Aktivität. In der Bibliothek versuchten zwei Schüler hastig, Dokumente durch den Reißwolf zu jagen. Sie erstarrten, als Sarah eintrat.

"Das wird euch nicht helfen", sagte sie ruhig. "Wir haben bereits Kopien von allem."

In Dr. Hartmanns Büro quoll Rauch aus dem Kamin. Thalheim und zwei Beamte sicherten die noch nicht verbrannten Unterlagen. "Sie waren gründlich", sagte er grimmig. "Aber nicht gründlich genug."

Ein Tumult am Haupteingang zog ihre Aufmerksamkeit auf sich. Sophia Berger wurde von zwei Beamten hereingeführt, in ihrer Hand ein halb verbrannter Ordner. Ihr sonst so perfektes Auftreten war einer wilden Verzweiflung gewichen.

"Mein Vater wird das nicht zulassen!", schrie sie. "Er wird..."

"Ihr Vater wurde vor zwanzig Minuten verhaftet", unterbrach Sarah sie kühl. "Das System ist am Ende, Sophia."

Koch hatte sich in sein Büro zurückgezogen, telefonierte hektisch. Als Sarah eintrat, legte er langsam den Hörer auf. "Sie verstehen nicht, was Sie damit anrichten", sagte er leise. "Das System hat funktioniert. Über Generationen."

"Es hat Menschen zerstört. Über Generationen." Sarah trat ans Fenster. "Marie Koch. Jana Weber. Wie viele noch?"

Ein verzweifelter Schrei hallte durch das Gebäude. Emma stürzte herein. "Die Krankenstation! Dr. Weber... sie..."

Sarah rannte los. In der Krankenstation bot sich ein Bild der Verwüstung. Aufgerissene Schränke, zerbrochene Ampullen, vernichtete Unterlagen. Und Dr. Weber, die mit zitternden Händen eine Spritze hielt.

"Einen Schritt weiter und ich tue es", zischte sie.

"Jana hätte das nicht gewollt", sagte Sarah sanft. "Ihre eigene Tochter..."

"Sie hat alles zerstört!" Dr. Webers Hand zitterte stärker. "Das System war perfekt. Es hat uns alle beschützt."

"Es hat Sie alle korrumpiert", korrigierte Sarah. "Und jetzt ist es vorbei."

Die Spritze fiel klirrend zu Boden. Dr. Weber brach weinend zusammen, als die Beamten sie abführten.

Draußen dämmerte der Morgen. Sarah stand im Innenhof, beobachtete, wie weitere Polizeiwagen eintrafen. Die Raben waren verschwunden - als hätten sie gespürt, dass ihre Zeit in Rabenstein vorüber war.

Thalheim trat neben sie. "Hartmann wurde an der Stadtgrenze gestellt. Koch ist in Gewahrsam. Die ersten Schüler werden bereits von ihren Eltern abgeholt."

Sarah nickte müde. "Ein System, das über Generationen gewachsen ist, zerfällt in einer einzigen Nacht."

"War es das wert?"

Sie dachte an Marie, an Jana, an all die anderen Opfer des Systems. "Ja", sagte sie leise. "Es war jeden einzelnen Moment wert."

Die Morgensonne warf lange Schatten über den verschneiten Innenhof. Eine Ära ging zu Ende, aber der Preis war hoch gewesen. Zu hoch.

Verschwundene Beweise

Die Asche verbrannter Dokumente wirbelte noch immer durch Dr. Hartmanns Büro, als Sarah am frühen Morgen zurückkehrte. Der beißende Geruch von verbranntem Papier hing in der Luft. Thalheim und sein Team hatten die Nacht damit verbracht, die Überreste zu sichten.

"Sie waren systematisch", sagte er und deutete auf die Überreste im Kamin. "Zuerst die Personalakten, dann die Korrespondenz mit den Sponsoren, zuletzt die digitalen Backups."

Sarah ging zum Computer hinüber. Der Bildschirm zeigte nur noch das Rabenstein-Logo. "Die Festplatten?"

"Professionell gelöscht. Mehrfach überschrieben." Thalheim schüttelte den Kopf. "Die IT-Forensik ist bereits dran, aber..."

Ein leises Klopfen unterbrach ihn. Emma stand in der Tür, ihren Laptop umklammernd. "Ich... ich habe etwas", sagte sie leise. "Ich hatte einen Verdacht, dass so etwas passieren könnte."

Sarah führte sie in ihr Büro. Emmas Hände zitterten, als sie den Computer öffnete. "Ich habe seit Wochen heimlich Dokumente kopiert. Erst nur die Mails zwischen Sophia und Dr. Hartmann, aber dann..."

Auf dem Bildschirm erschienen Ordner um Ordner. Scans von Handakten, Screenshots von internen Mitteilungen, Kopien von Überweisungsbelegen.

"Das ist brillant", murmelte Sarah. "Sie konnten nicht wissen, dass eine externe Kopie existiert."

Ein weiteres Klopfen. Hausmeister Müller trat ein, unter dem Arm einen staubigen Karton. "Die wollten sie auch verbrennen", sagte er und stellte ihn auf den Tisch. "Hab sie letzte Nacht aus dem Kellerarchiv geholt, als der Tumult losging."

Der Karton enthielt alte Aktenordner. Handschriftliche Aufzeichnungen aus den frühen Jahren der Rabengesellschaft. Namen, Daten, Zahlungen.

"Die digitalen Spuren können sie löschen", sagte Sarah grimmig. "Aber die Vergangenheit lässt sich nicht so einfach ausradieren."

Emma hatte währenddessen weitere Dateien geöffnet. "Hier", sagte sie und deutete auf einen Eintrag. "Dr. Hartmann hatte einen versteckten Server im alten Turm. Komplett getrennt vom Schulnetzwerk."

Sarah griff zum Telefon, aber Thalheim war bereits auf dem Weg. Zehn Minuten später kam die Bestätigung: Der Server war noch da, unberührt in seiner versteckten Kammer.

"Sie dachten wohl, niemand würde ihn finden", sagte Emma leise. "Sophia prahlte mal damit, dass dort die 'echten' Aufzeichnungen lagern."

Die nächsten Stunden verbrachten sie damit, die verschiedenen Puzzleteile zusammenzufügen. Müllers alte Akten lieferten die historische Basis, Emmas digitale Kopien die aktuellen Verbindungen, und der versteckte Server enthielt die Details der letzten Jahre.

"Es ist wie eine Chronik der Korruption", murmelte Sarah, während sie durch die Dateien scrollte. "Jeder Verrat, jede Erpressung, jede Manipulation - alles fein säuberlich dokumentiert."

Ein besonders brisanter Fund war eine Liste mit dem Titel "Interventionen". Sie enthielt Namen von Schülern, die das System gefährdeten, und die entsprechenden "Maßnahmen" - von manipulierten Noten bis hin zu erzwungenen Schulwechseln.

"Marie Kochs Name steht auch darauf", sagte Emma tonlos. "Und Janas."

Gegen Mittag brachte Thalheim weitere Neuigkeiten. "Wir haben in Dr. Webers Praxis einen Safe gefunden. Voller USB-Sticks mit Patientenakten. Auch von den 'speziellen' Behandlungen."

Sarah nickte grimmig. Das Puzzle wurde immer vollständiger. Die systematische Vernichtung der Beweise in der Nacht hatte nicht ausgereicht, um jahrzehntelange Machenschaften zu vertuschen.

"Wie haben sie das alles geheim halten können?", fragte Emma, während sie weitere Dateien sicherte.

"Weil jeder zu viel zu verlieren hatte", antwortete Sarah. "Das System hat sich gegenseitig geschützt. Bis jetzt."

Die Nachmittagssonne warf lange Schatten durch die gotischen Fenster, als sie die letzten Dokumente sichteten. Draußen kreisten noch immer die Raben, aber ihr Krächzen klang nicht mehr bedrohlich - eher wie ein Abgesang auf eine Ära, die zu Ende ging.

"Was passiert jetzt?", fragte Emma leise.

Sarah schloss die letzte Datei. "Jetzt sorgen wir dafür, dass diese Beweise nie wieder verschwinden können. Und dass die Verantwortlichen sich für jede einzelne ihrer Taten verantworten müssen."

Sie blickte hinaus auf den Innenhof, wo weitere Polizeiwagen eintrafen. Das System mochte versucht haben, seine Spuren zu verwischen, aber die Wahrheit hatte sich als stärker erwiesen. Wie ein Echo, das nicht verstummen wollte.

Die Verfolgung

Die Morgendämmerung hatte einem grauen Wintermorgen Platz gemacht. Sarah stand im Polizeipräsidium vor einer großen Magnettafel, auf der sich Fotos und Verbindungslinien kreuzten. Dr. Hartmanns Bild war rot umrandet.

"Die Grenzbehörden sind informiert", sagte Thalheim und pinnte eine neue Karte an die Wand. "Sein BMW wurde verlassen an einer Tankstelle bei Mühlberg gefunden. Vermutlich hat er das Fahrzeug gewechselt."

Sarah studierte die möglichen Fluchtrouten. "Er wird nicht über die offensichtlichen Wege fliehen. Die Rabengesellschaft hat ihre eigenen Pfade."

Ein junger Polizist stürmte herein. "Sophia Berger wurde gerade beim Versuch beobachtet, das Schulgelände zu verlassen. Sie telefonierte dabei - vermutlich mit Hartmann."

Die Observation von Sophia hatte sich als goldrichtig erwiesen. Das Mädchen wusste mehr, als sie zugab. Zwei Beamte in Zivil folgten ihr auf Schritt und Tritt, dokumentierten jeden ihrer Kontakte.

"Sie ist nervös", sagte Sarah. "Gestern hat sie dreimal versucht, einen verschlüsselten Email-Account zu öffnen. Ohne Erfolg."

Im Nebenraum arbeiteten IT-Spezialisten an der Entschlüsselung von Hartmanns Laptop. Erste Ergebnisse zeigten ein Netzwerk von Auslandskonten und Scheinfirmen.

Das Telefon klingelte. Koch's Anwalt hatte einen Antrag auf sofortige Einstellung der Ermittlungen gestellt. Angebliche Formfehler bei der Durchsuchung.

"Sie werden alles versuchen", murmelte Sarah. "Aber diesmal haben wir zu viel."

Ein weiterer Anruf brachte unerwartete Unterstützung. Martin Schäfer, ehemaliges Rabenmitglied aus den 90er Jahren, wollte aussagen. Er war nicht der Einzige. Seit dem nächtlichen Zugriff meldeten sich immer mehr ehemalige Schüler.

"Das System bricht zusammen", sagte Thalheim. "Keiner will als Letzter schweigen."

Sarah öffnete eine neue Datei auf ihrem Laptop. Emma hatte weitere Dokumente aus Dr. Hartmanns Büro rekonstruiert. Darunter ein verschlüsselter Reiseplan.

"Hier", sie deutete auf eine Reihe von Koordinaten. "Das sind keine zufälligen Zahlen. Das ist ein Notfallplan."

Die Koordinaten führten zu abgelegenen Jagdhütten, privaten Landebahnen, versteckten Unterschlupfen. Ein perfektes Fluchtnetzwerk, aufgebaut über Jahrzehnte.

"Sophia weiß davon", sagte Sarah. "Deshalb beobachten wir sie. Sie wird versuchen, Kontakt aufzunehmen."

Thalheim nickte. "Ich verstärke die Überwachung. Wenn sie sich bewegt..."

"...bewegt sich auch Hartmann", vollendete Sarah den Satz.

Ein weiterer Beamter brachte neue Fotos. Überwachungskameras hatten Hartmann an einer Raststätte bei Dresden erfasst. Er trug andere Kleidung, aber seine Haltung war unverkennbar.

"Er bewegt sich nach Osten", sagte Sarah. "Aber das ist zu offensichtlich. Er will uns in die falsche Richtung lenken."

Sie vertiefte sich in die alten Unterlagen der Rabengesellschaft. Irgendwo musste ein Hinweis sein, ein Muster...

"Die Jagdhütte!", rief sie plötzlich. "Hier, in den Aufzeichnungen von 1987. Ein Refugium in den Bergen, weit ab von allem. Perfekt für einen Neuanfang."

Die Maschinerie der Fahndung lief an. Hubschrauber wurden in Bereitschaft versetzt, Spezialkräfte alarmiert. Diesmal würde er nicht entkommen.

Sophia wurde weiter observiert. Sie hatte sich in ihr Zimmer zurückgezogen, saß stundenlang am Fenster. Die Raben draußen kreisten wie stumme Mahner.

"Sie wartet", sagte Sarah. "Wartet auf ein Zeichen."

Die Nacht brach herein, aber niemand im Präsidium dachte an Schlaf. Zu viel stand auf dem Spiel. Das Echo der Vergangenheit hallte durch die Ermittlungen, trieb sie vorwärts.

"Bewegung bei Sophia!", meldete ein Beamter kurz nach Mitternacht. "Sie packt eine Tasche."

Sarah griff nach ihrer Jacke. "Jetzt beginnt die eigentliche Jagd."

Die Raben über Rabenstein krächzten in der Dunkelheit, als würden sie den kommenden Sturm ankündigen. Eine letzte Schlacht stand bevor - und diesmal gab es kein Entkommen.

Kapitel 15: Der alte Turm

Versteckte Dokumente

Der alte Turm von Rabenstein warf seinen langen Schatten über den verschneiten Innenhof, als Sarah die ausgetretenen Steinstufen hinaufstieg. Das Holz der jahrhundertealten Stufen knarrte unter ihren Schritten. Der modrige Geruch von feuchtem Stein und altem Holz wurde stärker, je höher sie kam.

Im obersten Turmzimmer blieb sie stehen. Hier hatte alles begonnen - und hier würde es enden. Das fahle Winterlicht fiel durch die schmalen Fenster und beleuchtete die getäfelte Wand, die sie schon hunderte Male während ihrer eigenen Schulzeit gesehen hatte.

Sarah ließ ihre Hand über die Holzvertäfelung gleiten. Irgendwo hier... da! Eine der Paneele gab leicht nach. Mit zitternden Fingern löste sie die morsche Halterung. Dahinter öffnete sich ein schmaler Hohlraum.

Das Ledernotizbuch war in schwarzes Tuch eingeschlagen. Als Sarah es hervorholte, fiel ein gefalteter Brief zu Boden. Ihre Hände zitterten, als sie Janas vertraute Handschrift erkannte.

"An denjenigen, der dies findet,
wenn Sie diese Zeilen lesen, bin ich vermutlich bereits tot. Dieses Buch enthält die Wahrheit über das System der Rabengesellschaft. Bitte beschützen Sie Emma - sie weiß mehr, als sie zugeben darf.
Jana Weber"

Sarah schluckte hart und öffnete das Notizbuch. Die erste Eintragung datierte von 1998. Die Handschrift war präzise, systematisch - typisch Dr. Hartmann.

"Neue Aufnahmen in die Gesellschaft: Benz, Christina (Tochter von Dr. M. Benz) - erpressbar durch Kenntnis väterlicher Aktivitäten..."

Seite um Seite dokumentierte das Buch die dunkle Geschichte Rabensteins. Namen, Daten, "Verfehlungen" - ein perfektes System der Kontrolle.

"2004: Marie Koch zeigt gefährliche Tendenzen. Zu viele Fragen. Intervention notwendig."

Sarah hielt inne. Ihre Hände zitterten stärker. Die nächste Eintragung war kurz:
"Problem gelöst. Unfall am See überzeugend inszeniert."

Die Seiten danach listeten akribisch die "Erfolge" der Rabengesellschaft auf. Politiker, Richter, Wirtschaftsbosse - alle ehemalige Schüler, alle durch ihre Vergangenheit erpressbar.

"2010: Weiss, Thomas (Abitur 1985) zum Justizminister ernannt. Loyalität durch Dokumente von 1984 gesichert."

Zwischen den Seiten fand Sarah weitere lose Blätter. Quittungen über Schweigegelder, verschlüsselte Anweisungen, Fotos von nächtlichen Treffen.

"2022: Jana Weber zeigt besorgniserregende Ähnlichkeit mit dem Koch-Vorfall. Überwachung verstärken."

Sarah blätterte weiter. Die letzten Einträge waren hastig geschrieben, die sonst so akkurate Handschrift wurde unsicher.

"Emma K. hat Zugang zum Archiv gefunden. Situation kritisch. Sarah Reichert macht Probleme. Geschichte wiederholt sich."

Der letzte Eintrag war nur wenige Tage alt:
"System gefährdet. Notfallprotokoll aktiviert. Alle Spuren beseitigen."

Sarah fotografierte jede Seite mit ihrem Handy. Diese Beweise durften nicht wieder verschwinden.

Ein weiteres Dokument rutschte aus dem Buch - eine Liste mit Namen. "Absolventen in Schlüsselpositionen - Präventivmaterial". Dahinter Verweise auf kompromittierende Dokumente, private Skandale, finanzielle Abhängigkeiten.

Das Geräusch von Schritten auf der Turmtreppe ließ sie aufhorchen. Hastig schob sie das Buch zurück in sein Versteck, behielt nur Janas Brief.

Thalheim erschien in der Tür. "Sarah? Wir haben Dr. Hartmann."

Sie nickte langsam. "Gut. Denn jetzt haben wir auch seine Chronik des Schreckens."

Die Raben draußen kreisten noch immer um den Turm. Aber ihr Krächzen klang nicht mehr bedrohlich - es war der Gesang einer untergehenden Macht.

Sarah strich über Janas Brief in ihrer Tasche. "Es ist vorbei", flüsterte sie. "Endlich ist es vorbei."

Die Wintersonne brach durch die Wolken und warf lange Schatten durch die Turmfenster. Eine neue Zeit für Rabenstein begann.

Das Ritual

Sarah stieg die feuchten Steinstufen zum Kellergewölbe hinab. Der modrige Geruch wurde stärker, je tiefer sie kam. An den Wänden erkannte sie die eingeritzten Runen - dieselben Symbole, die sie seit ihrer Schulzeit verfolgt hatten. Thalheim folgte ihr lautlos, sein Atem kaum hörbar in der drückenden Stille.

Durch die gewölbten Gänge drang gedämpfter Gesang. Das alte Studentenlied, verdreht zu einem düsteren Ritual. Sarah führte Thalheim zu einer verborgenen Nische hinter einem jahrhundertealten Weinfass. Von hier hatte sie damals selbst die Zeremonien beobachtet.

Im Zentrum des kreisrunden Gewölbes brannten sieben Kerzen. Sieben Gestalten in schwarzen Roben bildeten einen perfekten Kreis - die traditionelle Formation der Raben. Sophia stand in der Mitte, um ihren Hals glänzte Janas Rabenanhänger im flackernden Licht.

In der Mitte des Kreises kniete Alexander Schmidt aus der 12b. Seine Hände zitterten sichtbar, als Sophia das alte Ritualbuch aufschlug.

"Die sieben Raben versammeln sich", ihre Stimme hallte von den feuchten Wänden wider. "Auch ohne unseren Meister leben die alten Traditionen weiter."

Die sechs anderen Robenträger begannen einen monotonen Gesang. Sarah erkannte die uralte Melodie - sie hatte sie selbst oft genug gehört.

"Alexander Schmidt", Sophia trat vor. "Du stehst vor dem Gericht der Raben. Bist du bereit, deine Seele zu öffnen?"

"Ja", flüsterte der Junge.

Sarah sah, wie Thalheim sein Handy zückte. Sie nickte - diesmal brauchten sie Beweise.

"Dann sprich", befahl Sophia. "Was ist deine dunkelste Tat?"

Alexander schluckte schwer. "Ich... ich habe Beweise gegen meinen Vater gefunden. Dokumente über Schmiergelder..."

"Und was hast du damit getan?"

"Kopien gemacht. Als... als Versicherung."

Die sieben Robenträger bewegten sich wie ein Organismus. Sarah erkannte das Muster - die alte Choreographie der Macht.

Sophia hob eine Rune - das Symbol der ewigen Bindung. "Die Raben beschützen die Ihren. Aber sie fordern absoluten Gehorsam. Wo sind die Kopien?"

"In meinem Zimmer. Unter der dritten Diele von links."

Sophia nickte zwei der Gestalten zu. Sie verschwanden lautlos in den Schatten.

Das Ritual ging weiter. Alexander musste weitere "Geständnisse" ablegen. Jedes Detail wurde in das alte Buch eingetragen - neue Seiten in der Chronik der Erpressung.

"Die Tradition der Raben ist älter als wir alle", verkündete Sophia. "Dr. Hartmann mag gefallen sein, aber unser Erbe lebt weiter."

Sarah hatte genug gesehen. Sie gab Thalheim das vereinbarte Zeichen.

"Polizei!", hallte seine Stimme durch die Gewölbe. "Niemand bewegt sich!"

Chaos brach aus. Kerzen erloschen, Schatten tanzten wild an den Wänden. Sophia versuchte das Buch in einer Feuerschale zu vernichten, aber die Beamten waren schneller.

"Es ist vorbei", sagte Sarah ruhig, während sie Sophia die Handschellen anlegte. "Die sieben Raben fliegen zum letzten Mal."

"Sie verstehen nichts", Sophias Stimme zitterte vor Wut. "Die Tradition ist stärker als Sie!"

Als sie Alexander später in Sarahs Büro befragten, zitterte er noch immer. "Sie sagten, es wäre eine Ehre", flüsterte er. "Eine heilige Tradition."

Sarah betrachtete die beschlagnahmten Ritualgegenstände auf ihrem Schreibtisch. Das alte Buch, die Runen, den Rabenanhänger. Symbole einer Macht, die Generationen überdauert hatte.

Draußen kreisten die echten Raben über dem alten Gemäuer. Ihr Krächzen klang wie ein Abschied. Die Zeit der dunklen Rituale war vorüber. Ein neues Kapitel für Rabenstein begann.

Enthüllungen

Sarah saß in ihrem Büro, vor ihr ausgebreitet die Dokumente aus dem Kellergewölbe. Janas Brief lag oben auf dem Stapel, die Handschrift hastig, aber entschlossen.

"An die Ermittler,
was ich hier zusammengetragen habe, wird das System der Raben für immer zerstören. Die Wahrheit muss ans Licht kommen, auch wenn ich den Preis dafür bereits bezahlt habe..."

Sarah las weiter, während draußen die Dämmerung hereinbrach. Jana hatte akribisch dokumentiert, wie das Netzwerk funktionierte. Listen von Politikern, die ihre Kinder nach Rabenstein schickten - nicht wegen der Bildung, sondern wegen der "besonderen Betreuung".

"Dr. Weber verschreibt nicht nur Beruhigungsmittel", hatte Jana notiert. "Sie verteilt verschreibungspflichtige Medikamente an die Kinder einflussreicher Eltern. Die Rezepte werden über verschiedene Apotheken abgerechnet. Der Gewinn fließt in die Stiftung."

Ein Foto zeigte Dr. Weber bei einem nächtlichen Treffen mit einem bekannten Pharmaunternehmer. Weitere Bilder dokumentierten Geldübergaben, heimliche Zusammenkünfte, kompromittierende Situationen.

"Sophia hat mich damit erpresst", las Sarah weiter. "Sie hatte Fotos von mir und Lisa. Drohte, sie meinen Eltern zu zeigen. Aber das ist nicht mehr wichtig. Was hier geschieht, ist größer als meine persönlichen Ängste."

Thalheim kam herein, in den Händen weitere Akten. "Die Durchsuchung von Dr. Webers Praxis hat interessante Ergebnisse gebracht. Gefälschte Rezepte, manipulierte Abrechnungen - alles genau wie Jana es beschrieben hat."

Sarah nickte grimmig. "Der Internatsleiter Koch?"

"Wusste von allem. Sein Unterschriftenmuster taucht auf diversen Überweisungen auf. Die Stiftungsgelder wurden systematisch zweckentfremdet."

Ein weiteres Dokument erregte Sarahs Aufmerksamkeit - ein interner Bericht über einen geplanten Skandal. Schüler sollten bei den Abiturprüfungen systematisch betrogen haben. Die Geschichte war bereits vorbereitet, sollte bei Bedarf lanciert werden.

"Eine Ablenkung", murmelte Sarah. "Falls jemand dem wahren System zu nahe kommt, opfern sie ein paar Schüler..."

Emma klopfte an die Tür. "Ich habe etwas gefunden." Sie legte einen USB-Stick auf den Tisch. "Jana hatte eine verschlüsselte Cloud. Ich konnte sie knacken."

Die Dateien enthüllten das volle Ausmaß. Jahrelange Korrespondenz zwischen Schulleitung und Politikern. Geheime Absprachen, Gefälligkeiten, Drohungen. Ein perfektes System der gegenseitigen Abhängigkeit.

"Sie wollte zur Polizei gehen", sagte Emma leise. "In ihrem letzten Email-Entwurf schreibt sie, dass sie alle Beweise gesichert hat."

Sarah starrte auf das Foto an ihrer Pinnwand - Jana, lächelnd bei der letzten Schulfeier. "Deshalb musste sie sterben. Sie wollte das System sprengen."

"Die Frage ist", warf Thalheim ein, "wie viele wussten davon? Wie tief geht die Verschwörung wirklich?"

Ein weiteres Dokument gab Antwort - eine Liste von Eingeweihten, säuberlich kategorisiert nach "Mitwisser", "Aktive" und "Profiteure". Mehr als hundert Namen, viele davon aus höchsten Kreisen.

"Das wird ein Erdbeben auslösen", sagte Sarah. "Wenn das an die Öffentlichkeit kommt..."

"Genau das wollte Jana", sagte Emma. "Sie schreibt hier: 'Das System ist wie ein Kartenhaus. Zieh eine Karte heraus, und alles stürzt zusammen.'"

Die Nacht brach herein, aber niemand dachte ans Aufhören. Dokument um Dokument wurde gesichtet, kategorisiert, den Ermittlungsakten zugeordnet. Janas letzte Botschaft würde nicht ungehört verhallen.

"Sie haben sie unterschätzt", sagte Sarah schließlich. "Sie dachten, sie könnten eine einzelne Schülerin zum Schweigen bringen. Aber sie haben nicht mit ihrer Hartnäckigkeit gerechnet."

Die Raben draußen waren verstummt. Ihr Schweigen war wie ein stummes Eingeständnis. Das System, das sie so lange beschützt hatten, lag in Trümmern.

Morgen würde die Staatsanwaltschaft informiert werden. Übermorgen würden die ersten Verhaftungen beginnen. Die Macht der Raben war gebrochen - dank einer mutigen jungen Frau, die ihr Leben für die Wahrheit geopfert hatte.

Sarah faltete Janas Brief zusammen. "Wir werden dafür sorgen, dass dein Opfer nicht umsonst war", flüsterte sie. "Das verspreche ich dir."

Kapitel 16: Konfrontationen

Im Lehrerzimmer

Das Lehrerzimmer von Rabenstein war ein hoher, holz-
getäfelter Raum, in dem die Zeit stehen geblieben zu
sein schien. Sarah stand vor der schweren Eichentür
und atmete tief durch. In ihrer Mappe lagen die Beweise, die das System endgültig zum Einsturz bringen
würden. Die Verhaftung von Dr. Hartmann an der
Stadtgrenze und die Festnahme von Dr. Weber auf der
Krankenstation waren erst der Anfang.

Als sie eintrat, verstummten die Gespräche. Dreißig Au-
genpaare richteten sich auf sie. Koch saß am Kopfende
des langen Konferenztisches, seine Haltung angespannt, aber bemüht souverän. Die jüngeren Lehrer
hatten sich am anderen Ende gruppiert - eine stumme
Manifestation der unsichtbaren Grenze.

"Frau Reichert", Kochs Stimme triefte vor falscher Höf-
lichkeit. "Was verschafft uns die Ehre? Sollten Sie nicht
bei den Verhören unserer geschätzten Kollegen sein?"

Sarah trat an den Tisch. "Ich bin hier, um Ihnen allen
die Wahrheit zu präsentieren." Sie öffnete ihre Mappe.
"Die Wahrheit über das System der Raben."

Ein Raunen ging durch den Raum. Mehrere der älteren
Lehrer rutschten unruhig auf ihren Stühlen.

"Ich denke, wir sollten keine wertvolle Zeit mit haltlo-
sen Anschuldigungen verschwenden", unterbrach Koch,
doch Sarah ließ sich nicht beirren.

"Haltlos?" Sie projizierte das erste Dokument an die
Wand - eine Liste von Lehrern, die in den letzten Jahren
'freiwillig' gegangen waren. "Systematisches Mobbing

gegen kritische Stimmen. Orchestriert von der Schulleitung."

Die junge Biologielehrerin, Frau Becker, nickte kaum
merklich. Sie hatte selbst unter den Schikanen gelitten.

"Das sind aus dem Zusammenhang gerissene Informationen", versuchte Koch zu beschwichtigen, aber seine
Stimme hatte an Kraft verloren.

"Wirklich?" Sarah zeigte das nächste Dokument.
"Möchten Sie uns erklären, warum kritische Personalakten manipuliert wurden? Warum Zeugenaussagen
verschwanden?"

Koch zuckte zusammen. "Das... das sind interne Ver-
waltungsvorgänge..."

"Wie bei Marie Koch?" Sarah's Stimme schnitt durch
den Raum. "War ihr Tod auch nur ein 'interner Verwal-
tungsvorgang'?"

"Das reicht!" Koch schlug mit der Faust auf den Tisch,
aber es war zu spät. Dr. Schmidt, der Mathematikleh-
rer, stand auf.

"Nein, es reicht nicht", seine Stimme zitterte. "Ich habe
damals geschwiegen, als Marie starb. Ich will nicht
noch einmal schweigen."

Weitere Lehrer erhoben sich. Jahre des Schweigens
brachen auf.

"Sie haben mich gezwungen, Noten zu ändern", sagte
Frau Peters, die Englischlehrerin. "Drohten mit meiner
kranken Tochter..."

Das Kollegium hatte sich sichtbar gespalten. Auf der einen Seite die alte Garde, verstrickt in jahrelange Komplizenschaft. Auf der anderen die Jüngeren, endlich befreit von der Last des Schweigens.

"Mit der Verhaftung von Dr. Hartmann und Dr. Weber ist das System nicht beendet", sagte Sarah zum verstummten Kollegium. "Es gibt noch zu viele Mitwisser, zu viele Komplizen."

Die Stille war ohrenbetäubend. Dann stand die alte Deutschlehrerin Frau Dr. Schelling auf und begann zu sprechen. Andere folgten. Der Damm war gebrochen.

Koch saß wie versteinert, während um ihn herum sein Reich zerfiel. Draußen kreisten die Raben um den Turm, ihre Schatten tanzten über die hohen Fenster.

"Dies ist Ihre letzte Chance", sagte Sarah. "Wer jetzt redet, kann auf Milde hoffen. Ab morgen übernimmt die Staatsanwaltschaft."

Eine neue Zeit für Rabenstein hatte begonnen. Die Wahrheit, so lange im Verborgenen, brach sich endlich Bahn.

Sophias Zusammenbruch

Sophia saß im Verhörraum des Internats, ihr sonst so perfekt gestyltes Haar hing ihr wirr ins Gesicht. Die Ereignisse im Lehrerzimmer hatten sie sichtlich erschüttert. Sarah beobachtete durch die verspiegelte Scheibe, wie das Mädchen nervös mit Janas Rabenanhänger spielte, den sie noch immer um den Hals trug.

"Ich gehe rein", sagte Emma neben ihr. "Sie wird mir vielleicht mehr erzählen."

Sarah nickte. Emma hatte Recht - zwischen den beiden Schülerinnen bestand eine besondere Verbindung, auch wenn sie auf verschiedenen Seiten gestanden hatten.

Als Emma den Raum betrat, zuckte Sophia zusammen. "Du?" Ihre Stimme klang brüchig.

"Ja, ich." Emma setzte sich ihr gegenüber. "Es ist vorbei, Sophia. Dr. Hartmann ist verhaftet, Dr. Weber auch. Das System bricht zusammen."

Sophia schluchzte auf. "Du verstehst nicht... niemand versteht..."

"Dann erklär es mir", sagte Emma sanft. "Was ist in jener Nacht mit Jana passiert?"

Sophia umklammerte den Anhänger fester. "Sie... sie wollte aussteigen. Hatte Beweise gesammelt. Dr. Hartmann sagte, ich müsse sie aufhalten..."

"Wie?"

"Mit den Fotos. Von ihr und Lisa. Ich sollte sie erpressen, damit sie schweigt." Sophia schluckte hart. "Aber

Jana lachte nur. Sagte, sie hätte keine Angst mehr vor der Wahrheit."

Emma legte einen USB-Stick auf den Tisch. "Wie dieser hier? Mit den Aufnahmen vom Kellerarchiv?"

Sophia erbleichte. "Woher...?"

"Jana hatte Kopien angelegt. Überall. Sie war klüger als ihr dachtet."

"Dr. Hartmann hatte solche Macht über uns alle", flüsterte Sophia. "Seit meinem ersten Jahr hier. Er wusste von meiner Vergangenheit, von dem Vorfall in meiner alten Schule..."

"Die gefälschten Zeugnisse?"

Sophia nickte schwach. "Meine Eltern hätten es nie verkraftet. Er versprach, es geheim zu halten, wenn ich für ihn arbeite. Als Auge und Ohr der Raben."

"Und Jana?"

"Sie sollte nur eingeschüchtert werden!" Sophias Stimme überschlug sich. "Niemand sollte sterben! Aber dann... dann kam Dr. Weber mit den Medikamenten..."

Sarah spürte, wie sich ihr Magen verkrampfte. Die Puzzleteile fügten sich zusammen.

"Es gibt eine Liste", fuhr Sophia fort. "Mit Namen von Schülern, die zu viel wissen. Die beseitigt werden sollen..."

Emma zog ein Dokument hervor. "Diese Liste?"

Sophia brach endgültig zusammen. Tränen strömten über ihr Gesicht, als sie die Namen sah. "Es tut mir so leid... ich wollte das alles nicht... aber er hatte solche Macht über uns..."

"Wer steht auf der Liste?", fragte Emma.

"Thomas aus der 11b. Lisa. Und..." Sophia schluchzte. "Du, Emma. Du warst die Nächste."

Sarah gab Thalheim ein Zeichen. Sie brauchten sofort Schutz für diese Schüler.

"Dr. Hartmann sagte immer, die Tradition müsse bewahrt werden", flüsterte Sophia. "Um jeden Preis. Die Raben beschützen ihre eigenen - aber wer nicht gehorcht..."

"Muss sterben?", fragte Emma leise.

Sophia nickte kaum merklich. "Wie Marie. Wie Elisabeth vor vierzig Jahren. Wie Jana..."

"Es ist vorbei", sagte Emma fest. "Du kannst jetzt die Wahrheit sagen. Alles erzählen."

Sophia löste mit zitternden Fingern den Rabenanhänger. "Jana wollte, dass ich ihn nehme. In jener Nacht. Sagte, ich müsse mich entscheiden - für die Wahrheit oder die Lüge."

"Und jetzt?"

"Jetzt will ich nur noch, dass es aufhört." Sophia schob den Anhänger zu Emma. "Hier. Er gehört dir. Jana hätte das gewollt."

Draußen heulten Polizeisirenen. Weitere Einsatzwagen trafen ein, um die gefährdeten Schüler zu schützen.

"Ich werde alles aufschreiben", sagte Sophia. "Jedes Detail. Damit es nie wieder passiert."

Sarah beobachtete, wie Emma den Anhänger einsteckte. Ein Symbol der Macht wurde zu einem Symbol der Wahrheit. Die Raben draußen kreisten noch immer, aber ihr Krächzen klang nicht mehr bedrohlich.

Die Zeit der Geheimnisse ging zu Ende. Die Zeit der Wahrheit begann.

Dr. Hartmanns Geständnis

Dr. Hartmann saß aufrecht im Verhörraum, seine Haltung noch immer von der gewohnten Autorität geprägt. Doch seine Augen verrieten Erschöpfung nach den stundenlangen Verhören. Sarah beobachtete ihn durch die Scheibe, während Thalheim die Aufzeichnungsgeräte überprüfte.

"Lassen Sie uns noch einmal von vorne beginnen", sagte Sarah, als sie den Raum betrat. "Warum?"

Hartmann lächelte dünn. "Sie verstehen es nicht, Frau Reichert. Sie waren selbst eine von uns. Das System hat Sie geformt."

"Das System hat Menschen getötet."

"Charakterbildung fordert manchmal Opfer." Seine Stimme klang beinahe väterlich. "Marie, Jana - sie alle hätten Teil von etwas Größerem sein können."

"Teil einer Verbrecherorganisation?"

"Teil einer Elite!" Zum ersten Mal verlor er die Fassung. "Wissen Sie, wie viele Minister, Richter, Wirtschaftsbosse durch unsere Schule gingen? Das Netzwerk der Raben reicht bis in höchste Kreise."

Sarah legte Fotos auf den Tisch. Marie auf dem Schulhof. Elisabeth beim Sportfest. Jana in der Bibliothek.

"Sie alle wollten aussteigen", sagte sie leise. "Alle zwanzig Jahre ein 'Unfall'."

"Koch verstand die Notwendigkeit", murmelte Hartmann. "Er wusste, dass manchmal... Exempel statuiert werden müssen."

Sarah horchte auf. "Koch gab die Anweisungen?"

"Er war immer der Kopf. Ich... ich führte nur aus." Hartmann rieb sich die Schläfen. "Dr. Weber half mit den Medikamenten. Die perfekte Lösung - keine Spuren, keine Fragen."

"Und die anderen Vorfälle? Die 'Unfälle' zwischen den großen Ereignissen?"

Hartmann schwieg lange. "Manchmal musste nachgeholfen werden. Wenn jemand zu viel wusste, zu viele Fragen stellte..."

"Wie viele?"

"Das Archiv im Kellergewölbe... es gibt einen versteckten Raum hinter dem Bücherregal. Dort finden Sie alle Aufzeichnungen."

Sarah notierte die Information. "Und Dr. Weber?"

Ein seltsames Lächeln huschte über Hartmanns Gesicht. "Dr. Claudia Weber war brillant. Sie entwickelte die Mischungen selbst. Untraceable, wie die Engländer sagen. Die perfekte Tarnung für einen Selbstmord."

"Sie experimentierte an den Schülern?"

"Forschung braucht Versuchspersonen." Hartmann zuckte mit den Schultern. "Die Pharmaindustrie zahlte gut für ihre Erkenntnisse."

Sarah spürte Übelkeit aufsteigen. "Das Internat als Versuchslabor..."

"Als Brutstätte der Elite!" Hartmanns Augen glänzten fanatisch. "Wer überlebte, war würdig. Die anderen... Kollateralschäden auf dem Weg zur Perfektion."

"Und Jana?"

"Sie war zu gut." Erstmals klang so etwas wie Bedauern in seiner Stimme. "Zu intelligent, zu hartnäckig. Sie fand Webers Unterlagen, die Versuchsprotokolle..."

"Also musste sie sterben."

Hartmann lehnte sich zurück. "Das System ist größer als wir alle, Frau Reichert. Sie können einzelne Raben fangen, aber der Schwarm wird weiterfliegen."

"Nicht diesmal." Sarah stand auf. "Wir haben Ihre Aufzeichnungen, Ihre Kontakte, Ihre Konten. Das Nest wird ausgehoben - vollständig."

Als sie den Raum verließ, rief Hartmann ihr nach: "Sie waren eine von uns, Sarah! Sie tragen das Zeichen der Raben!"

Sie drehte sich nicht um. Draußen wartete Thalheim mit einem Durchsuchungsbefehl für das Kellerarchiv.

"Er hat mehr gestanden als er wollte", sagte sie. "Koch, Weber, die Pharmaindustrie - das ganze Netzwerk kommt ans Licht."

Die Raben über dem Internat kreisten tiefer. Als wüssten sie, dass ihre Zeit zu Ende ging. Eine Ära von Macht, Manipulation und Mord neigte sich dem Ende zu.

Sarah berührte unbewusst die alte Narbe an ihrem Handgelenk - das Zeichen der Raben. Aber heute markierte es nicht mehr Zugehörigkeit, sondern den Willen zur Veränderung.

Der Schwarm würde nicht weiterfliegen. Die Zeit der dunklen Vögel war vorüber.

Kapitel 17: Die letzte Nacht

Vorbereitung

Die Abenddämmerung legte sich über Rabenstein, als Sarah die neuen Beweise aus Dr. Webers Praxis auf ihrem provisorischen Schreibtisch ausbreitete. Durch die gotischen Fenster drang das letzte Tageslicht, während Thalheim neben ihr die Dokumente studierte.

"Diese Behandlungsprotokolle erzählen eine eindeutige Geschichte", sagte Sarah und deutete auf eine Reihe systematisch geführter Aufzeichnungen. "Jeder vermeintliche Unfall wurde akribisch vorbereitet. Die Medikamentendosierungen, die Zeitpunkte - nichts war dem Zufall überlassen."

Thalheim nickte grimmig. "Die Frage ist nur, wie tief das System wirklich reicht."

Emma trat mit ihrem Laptop zu ihnen. "Ich habe etwas in den verschlüsselten E-Mails gefunden." Sie drehte den Bildschirm. "Koch und Dr. Weber hatten ein eigenes Kommunikationssystem. Getarnt als normale Verwaltungskorrespondenz."

Sarah überflog die entschlüsselten Nachrichten. Ihr Magen verkrampfte sich. "Sie haben alles dokumentiert. Die Überwachung der 'problematischen' Schüler, die geplanten 'Maßnahmen' - sogar eine Liste potenzieller weiterer Opfer."

"Das Team ist in Position", meldete Thalheim und checkte sein Handy. "Wir haben das gesamte Gelände unter Beobachtung. Diesmal gibt es kein Entkommen."

Sarah erhob sich und trat ans Fenster. Die Raben kreisten noch immer über dem alten Turm, wie stumme

Zeugen all der Geheimnisse, die diese Mauern bargen. Sie dachte an Marie, an Jana, an all die anderen Namen in den Akten.

"Emma, die Überwachungspläne", sagte sie und wandte sich vom Fenster ab. Emma projizierte einen detaillierten Grundriss des Internats an die Wand.

"Hier sind die neuralgischen Punkte." Sie markierte mehrere Stellen. "Der Turm, das Kellerarchiv, Kochs Büro. Alle Teams sind positioniert, auch die Fluchtwege sind gesichert."

"Koch verhält sich auffällig ruhig", bemerkte Thalheim. "Seit dem Morgen hat er sein Büro nicht verlassen. Keine Anrufe, keine Besucher."

"Die Ruhe vor dem Sturm", murmelte Sarah. Sie studierte die Dokumente vor sich. "Er ahnt, dass wir ihm auf der Spur sind. Die Frage ist: Was plant er?"

Emma arbeitete konzentriert an ihrem Laptop. "Ich habe eine weitere verschlüsselte Nachricht gefunden. Gesendet von Kochs privatem Server, heute Nachmittag."

Sarah beugte sich über Emmas Schulter. Die entschlüsselte Nachricht erschien: "Finaler Protokoll-Start. 23 Uhr."

"Was bedeutet das?", fragte Thalheim.

"Nichts Gutes", sagte Sarah. "Aber wir haben noch zwei Stunden."

Sie sortierte die Unterlagen neu, gruppierte sie nach Dringlichkeit. "Emma, konzentrier dich auf Kochs digitale Kommunikation der letzten 24 Stunden. Jeder Kontakt könnte wichtig sein."

"Die Staatsanwaltschaft hat grünes Licht gegeben", meldete Thalheim. "Wir können zugreifen, sobald wir genug haben."

Sarah nickte. Die Spannung im Raum war fast greifbar. Wochen der Ermittlung würden sich in dieser Nacht entscheiden.

"Noch etwas", sagte Emma plötzlich. "In Dr. Webers Dokumenten gibt es Hinweise auf einen 'Notfallplan'. Etwas, das sie für den Fall ihrer Enttarnung vorbereitet hatte."

Die Uhr an der Wand tickte unerbittlich. Draußen wurde es dunkel. Sarah wusste, dies würde die entscheidende Nacht in der Geschichte von Rabenstein werden.

"Alles vorbereiten", sagte sie schließlich. "In zwei Stunden muss jeder genau wissen, was zu tun ist. Wir bekommen keine zweite Chance."

Die Vorbereitungen liefen auf Hochtouren. Während Emma weitere Daten entschlüsselte, koordinierte Thalheim die Einsatzteams. Sarah studierte jeden einzelnen Beweis, jedes Detail. Nichts durfte ihrer Aufmerksamkeit entgehen.

Eine trügerische Ruhe lag über dem Internat. In den alten Mauern wartete eine Wahrheit darauf, endlich ans Licht zu kommen. Eine Wahrheit, für die bereits zu viele Menschen gestorben waren.

Die Schatten in Sarahs Büro wurden länger, während sie die letzten Vorbereitungen trafen. Das Ende der Rabengesellschaft von Rabenstein stand bevor - und diesmal würde niemand entkommen.

Schatten der Vergangenheit

Die Nacht hatte sich wie ein schwarzer Schleier über Rabenstein gelegt. Sarah bewegte sich lautlos durch die verlassenen Korridore des Internats, während die Unruhe im Gebäude spürbar zunahm. Vereinzelte Schüler huschten trotz der späten Stunde noch durch die Gänge, tuschelten in den Ecken. Sie spürten, dass etwas Entscheidendes bevorstand.

Vor dem Eingang zum Kellerarchiv traf sie auf Emma, die nervös auf ihrem Tablet herumtippte. "Seltsame Aktivitäten im Keller", flüsterte sie. "Die Bewegungsmelder haben mehrere Personen erfasst, aber die Kameras zeigen nichts."

Sarah nickte. "Koch versucht, Spuren zu verwischen." Sie zog ihre Taschenlampe und öffnete die schwere Eisentür zum Kellergewölbe. Der modrige Geruch der Jahrhunderte schlug ihnen entgegen.

Im Archiv bewegten sie sich vorsichtig zwischen den hohen Regalen. Ihre Taschenlampen warfen tanzende Schatten an die gewölbten Decken. "Hier", sagte Emma plötzlich und deutete auf einen Stapel frisch durchwühlter Akten. "Jemand war gerade erst hier."

Sarah untersuchte die Dokumente. Es waren alte Schulakten, systematisch nach bestimmten Jahren sortiert. Ihr Blick blieb an einem vergilbten Foto hängen - Marie, lächelnd in ihrer Schuluniform. Darunter ein handschriftlicher Vermerk: "Potenzielle Gefährdung des Systems."

"Emma", flüsterte Sarah, "leuchte mal hier rüber." Sie zog weitere Akten hervor. Janas Name tauchte auf, daneben andere. Ein Muster wurde sichtbar. "Sie haben sie alle markiert. Lange bevor..." Ihre Stimme versagte.

Plötzlich erklangen Schritte über ihnen. Staub rieselte von der Decke. "Der Turm", murmelte Sarah. "Koch ist im Turm." Sie griff nach ihrem Handy, informierte Thalheim.

Emma hatte währenddessen einen versteckten Ordner entdeckt. "Sarah, das müssen Sie sehen." Die Akte enthielt Baupläne des Turms, alte Zeichnungen von rituellen Versammlungen. "Der Turm war ihr Zentrum. Von hier aus kontrollierten sie alles."

Weitere Schritte, diesmal näher. Sarah und Emma löschten ihre Lampen. Im Dunkeln warteten sie, bis die Schritte sich entfernten.

"Die Verbindung ist klar", flüsterte Sarah. "Marie entdeckte etwas im Turm. Deshalb musste sie sterben. Und Jana... sie muss denselben Fund gemacht haben."

Emmas Tablet piepte leise. "Eine Nachricht von Tom. Koch hat sein Büro verlassen, bewegt sich zum Turm. Er trägt etwas bei sich."

Sarah spürte, wie sich ihr Nacken verkrampfte. Die Puzzleteile fügten sich zusammen. "Der Turm war nie nur ein Symbol", sagte sie. "Er war ihr Archiv, ihr Kontrollzentrum. Und heute Nacht will Koch alle Beweise vernichten."

Sie verließen das Kellerarchiv, bewegten sich vorsichtig durch die dunklen Gänge nach oben. Die Unruhe im Internat hatte zugenommen. Aus einigen Zimmern drangen gedämpfte Stimmen.

"Thalheim", flüsterte Sarah ins Handy. "Sichern Sie alle Zugänge zum Turm. Koch darf nicht entkommen." Sie erreichten den obersten Korridor. Durch die gotischen

Fenster sah Sarah die Raben, die wie schwarze Schatten um die Turmspitze kreisten.

Emma überprüfte die Überwachungskameras auf ihrem Tablet. "Drei weitere Personen haben das Gebäude betreten. Sie bewegen sich ebenfalls zum Turm."

"Seine letzten Verbündeten", murmelte Sarah. Sie erreichten die Tür zum Turmaufgang. Von oben drang schwacher Lichtschein herab.

"Emma, geh zurück zum Team. Koordiniere die Überwachung. Ich..." Sarah zögerte kurz. "Ich muss das hier alleine zu Ende bringen."

"Aber Sarah..."

"Keine Diskussion. Das ist meine Geschichte. Meine Verantwortung." Sie drückte Emma kurz die Hand. "Wenn in zehn Minuten nichts von mir kommt, gebt Thalheim das Signal."

Emma nickte widerstrebend und verschwand im Dunkel des Korridors. Sarah atmete tief durch, dann öffnete sie leise die Tür zum Turm. Die steinernen Stufen führten in eine Vergangenheit, der sie sich endlich stellen musste.

Die Wahrheit über Marie, über Jana, über all die anderen wartete dort oben. Und mit ihr ein Mann, der bereit war, alles zu tun, um seine dunklen Geheimnisse zu bewahren.

Sarah begann den Aufstieg, jeden Schritt sorgfältig setzend, um kein Geräusch zu verursachen. Die Geschichte von Rabenstein würde heute Nacht ihr Ende finden. Ein Ende, das schon viel zu lange auf sich warten ließ.

Die finale Konfrontation

Die steinernen Stufen des Turms ächzten unter Sarahs vorsichtigen Schritten. Thalheim folgte ihr dicht, während sie sich nach oben arbeiteten. Das Mondlicht fiel durch die schmalen Fensteröffnungen und warf gespenstische Schatten an die Wände.

Im obersten Stockwerk des Turms brannte Licht. Sarah hörte hektische Bewegungen, das Rascheln von Papier, das Klicken einer Tastatur. Koch war dort oben, versuchte die letzten Beweise zu vernichten.

"Teams in Position?", flüsterte sie ins Funkgerät.

"SEK bereit. Alle Ausgänge gesichert", kam die gedämpfte Antwort.

Als sie die letzte Wendung der Treppe erreichten, sahen sie den Lichtschein unter der schweren Eichentür. Sarah zog ihre Waffe, nickte Thalheim zu. Der Moment der Wahrheit war gekommen.

"Schulleiter Koch!", rief sie laut. "Das Gebäude ist umstellt. Kommen Sie mit erhobenen Händen heraus!"

Drinnen verstummten die Geräusche abrupt. Dann ein höhnisches Lachen.

"Kommissarin Reichert. Ich hätte wissen müssen, dass Sie es bis hierher schaffen würden." Kochs Stimme klang seltsam ruhig. "Aber Sie kommen zu spät. Die wichtigsten Beweise sind bereits vernichtet."

Sarah gab dem SEK-Team das vereinbarte Zeichen. "Das denken Sie. Wir haben bereits alles, was wir brauchen. Dr. Webers Aufzeichnungen, Hartmanns Geständnis. Das System ist gefallen."

"Das System?" Koch lachte bitter. "Sie verstehen gar nichts. Das hier ist größer als Sie ahnen. Rabenstein ist nur der Anfang."

Ein lautes Krachen erschütterte die Tür, als das SEK-Team von der anderen Seite eindrang. Sarah stieß gleichzeitig die Haupttür auf.

Koch stand am alten Schreibtisch, umgeben von Papierstapeln und flackernden Computerbildschirmen. Seine Hand ruhte auf einem roten Ordner.

"Keine Bewegung!", bellte Sarah.

"Sie hätten uns in Ruhe lassen sollen", sagte Koch leise. "Marie verstand es nicht. Jana verstand es nicht. Und Sie..." Er machte eine schnelle Bewegung zum Fenster.

Zwei SEK-Beamte stürzten sich auf ihn, noch bevor er den Ordner erreichen konnte. Koch wehrte sich wild, aber gegen die trainierten Männer hatte er keine Chance.

Während sie ihm Handschellen anlegten, trat Sarah an den Schreibtisch. Auf den Bildschirmen liefen Löschprogramme, aber die externen Festplatten, die Emma vorsorglich installiert hatte, zeichneten jeden Datenstrom auf.

"Es ist vorbei", sagte sie zu Koch, der nun am Boden kniete. "Die Rabengesellschaft von Rabenstein ist am Ende."

"Sie verstehen immer noch nicht." Er lächelte kalt. "Die Raben werden weiterfliegen. Andere Schulen, andere Städte..."

"Nicht mehr lange", unterbrach Sarah ihn. Sie öffnete den roten Ordner. "Ihre komplette Kommunikation der letzten zwanzig Jahre. Jede Manipulation, jeder 'Unfall', jede Vertuschung. Dr. Weber war sehr gründlich mit ihrer Dokumentation."

Kochs Gesicht verlor alle Farbe.

Das SEK-Team sicherte systematisch den Raum, während Thalheim die ersten Beweise dokumentierte. Draußen heulten Polizeisirenen, Scheinwerfer erleuchteten den Schulhof.

"Führen Sie ihn ab", befahl Sarah. Als die Beamten Koch hochzogen, hielt sie inne. "Eine letzte Frage: Warum? Warum Marie? Warum Jana?"

Koch drehte sich noch einmal zu ihr um. "Sie stellten zu viele Fragen. Wie Sie. Der einzige Unterschied ist: Sie hatten Glück."

Sie sah ihm nach, wie er abgeführt wurde. Durch die Turmfenster konnte sie die Raben sehen, die unruhig ihre Kreise zogen. Ein Kapitel der Geschichte von Rabenstein ging zu Ende, aber Sarah ahnte, dass dies erst der Anfang war.

"Wir haben ihn", meldete sie ins Funkgerät. "Der Turm ist gesichert."

In den nächsten Stunden würde das Team jeden Winkel des Turms durchsuchen, jedes Dokument sichern, jeden digitalen Beweis speichern. Das System der Rabengesellschaft, das über Jahrzehnte seine dunklen Schatten geworfen hatte, war endlich gefallen.

Sarah trat ans Fenster und beobachtete, wie Koch in einen Polizeiwagen verfrachtet wurde. In der Ferne dämmerte bereits der Morgen. Ein neuer Tag für Rabenstein begann.

"Team 2 meldet: Kellerarchiv gesichert", knisterte das Funkgerät. "Weitere Dokumente gefunden."

"Verstanden", antwortete Sarah. Sie wandte sich an Thalheim. "Lassen Sie uns aufräumen. Die eigentliche Arbeit fängt jetzt erst an."

Die Verhaftung des Schulleiters war nur der erste Schritt. Nun galt es, die wahren Ausmaße des Systems zu enthüllen und dafür zu sorgen, dass so etwas nie wieder geschehen konnte.

Die Raben würden weiterfliegen, aber ihre Macht in Rabenstein war gebrochen.

Kapitel 18: Auflösung

Das Trio

Der Morgen nach der Verhaftung brach kalt und grau über Rabenstein an. Sarah saß im Vernehmungsraum des Polizeipräsidiums und beobachtete durch die verspiegelte Scheibe, wie Koch nervös auf seinem Stuhl hin und her rutschte. Seine sonst so makellose Erscheinung war zerknittert, die Krawatte lose.

In den Nachbarräumen warteten Hartmann und Dr. Weber auf ihre Vernehmungen. Drei separate Teams würden die Befragungen gleichzeitig durchführen, um Absprachen zu verhindern.

"Bereit?", fragte Thalheim neben ihr.

Sarah nickte und betrat den Vernehmungsraum. Koch blickte kaum auf, seine Finger trommelten unruhig auf den Tisch.

"Herr Koch", begann sie, "nach der Durchsuchung des Turms haben wir ein vollständiges Bild Ihres Systems. Dr. Weber hat über Jahre akribisch Buch geführt."

Sie legte die erste Akte auf den Tisch. "Beginnen wir mit Marie Weber. Ihre erste... Korrekturmaßnahme."

Koch schwieg, aber seine Finger zuckten.

"Dr. Hartmann hat bereits ausgesagt", fügte Sarah hinzu. "Er war sehr... gesprächig bezüglich der Aufgabenverteilung."

Aus dem Nachbarraum drang gedämpftes Geschrei. Dr. Weber hatte offenbar ihre Fassung verloren.

"Sie verstehen nicht", sagte Koch plötzlich leise. "Wir haben sie beschützt. Das System hat sie beschützt."

"Wen beschützt? Marie? Jana?"

"Die Institution!" Koch schlug mit der Faust auf den Tisch. "Rabenstein steht für Exzellenz. Wer diese gefährdet..." Er verstummte abrupt.

Sarah öffnete die nächste Akte. "Dr. Weber beschreibt hier sehr detailliert, wie Sie die 'Gefährder' identifiziert haben. Wie Sie gemeinsam die Maßnahmen planten."

"Weber war schwach", zischte Koch. "Sie dokumentierte zu viel. Hartmann warnte mich..."

In diesem Moment klopfte es. Ein Beamter brachte eine weitere Akte. Sarah überflog sie kurz und lächelte kalt.

"Dr. Weber hat gerade ein vollständiges Geständnis abgelegt. Jedes Detail, jede Manipulation, jede Vertuschung."

Kochs Gesicht verlor alle Farbe. "Sie lügen."

"Sie hat uns auch von den anderen Internaten erzählt."

Das war der Moment, in dem Koch zusammenbrach. Seine perfekt konstruierte Fassade zerbröckelte vor ihren Augen.

"Es war perfekt", flüsterte er. "Das System war perfekt. Dreißig Jahre lang. Bis Marie... bis sie anfing, Fragen zu stellen."

Sarah ließ ihn reden. Die Aufzeichnungen liefen, während Koch das komplette System offenbarte. Die Aufgabenverteilung wurde klar: Koch als Architekt, Hartmann als Ausführender, Weber als Dokumentaristin.

In den Nachbarräumen spielten sich ähnliche Szenen ab. Dr. Weber hatte bereits einen Berg von Beweisen geliefert, ihre penible Dokumentation würde jeden Aspekt der Anklage stützen.

Hartmann, so erfuhr Sarah später, hatte sich in Zynismus geflüchtet. Er bezeichnete die Morde als "notwendige Korrekturen im System" und zeigte keine Reue.

Als Sarah Stunden später ihr Büro betrat, wartete Emma bereits mit einer neuen Entdeckung.

"Dr. Webers Aufzeichnungen", sagte sie aufgeregt. "Sie gehen viel weiter zurück als wir dachten. Dreißig Jahre systematische Dokumentation. Jeder 'Unfall', jede Manipulation."

Sarah nickte müde. "Das perfekte System", murmelte sie.

"Koch hat übrigens nach seinem Anwalt verlangt", meldete Thalheim von der Tür. "Zu spät. Sein Geständnis haben wir."

Sarah trat ans Fenster. Die Raben kreisten noch immer über Rabenstein, aber ihr Krächzen klang anders. Nicht mehr bedrohlich, eher... befreit.

"Drei Täter, drei Rollen", fasste sie zusammen. "Koch als Kopf, Hartmann als Hand, Weber als Gedächtnis. Und jetzt..." Sie drehte sich zu ihrem Team um. "Jetzt beginnt die eigentliche Arbeit. Wir müssen jeden Fall neu aufrollen. Jedes Opfer verdient Gerechtigkeit."

Emma nickte ernst. "Ich habe bereits eine Chronologie erstellt. Es waren... es waren so viele."

Die Sonne ging über Rabenstein unter, während das Team die Berge von Beweisen sichtete. Das System war gefallen, seine Architekten würden sich vor Gericht verantworten müssen.

Aber Sarah wusste: Dies war erst der Anfang. Die wahren Ausmaße würden sie noch lange beschäftigen.

Die Rekonstruktion

Sarah rieb sich erschöpft die Augen. Seit Stunden saß sie in ihrem Büro, umgeben von Aktenbergen und digitalen Beweismitteln. Die große Pinnwand vor ihr glich einem komplexen Spinnennetz aus roten Fäden, Fotos und Dokumenten. Der erste dokumentierte Fall datierte auf den 15. September 1992 - ein Schüler namens Marcus Weinberg, offiziell ein tragischer Unfall beim nächtlichen Klettern am Turm.

"Die Überwachungskameras waren ihr Schwachpunkt", sagte Emma und projizierte eine detaillierte Timeline an die Wand. "Hartmann entwickelte ein ausgeklügeltes System zur Manipulation der Aufzeichnungen. Bei jedem 'Vorfall' - seine Wortwahl in den Protokollen - gibt es exakt 47 Minuten Bildmaterial, das durch voraufgezeichnete Loops ersetzt wurde."

Thalheim trat näher an die Projektion. "Die Zeitstempel wurden perfekt gefälscht. Nur durch die Cross-Referenz mit den Stromverbrauchsdaten der Server konnten wir die Manipulation nachweisen."

Sarah stand auf und ging zur Pinnwand. Ihre Hand zitterte leicht, als sie das Foto von Nina Stahl berührte. "Oktober 2019", murmelte sie. "Der gleiche Zeitraum, die gleiche Methode wie bei Jana drei Jahre später. Die Geschichte wiederholte sich."

Emma öffnete einen weiteren Datensatz. "Die Krankenstation war der zweite Pfeiler ihres Systems. Dr. Weber bestellte über die Jahre hinweg auffällige Mengen bestimmter Medikamente. Hier..." Sie projizierte eine Tabelle. "Präparate, die in Kombination tödlich wirken, aber bei oberflächlicher Untersuchung kaum nachweisbar sind."

Sarah spürte, wie sich ihr Magen zusammenzog. Die klinische Präzision, mit der Tod und Vertuschung geplant wurden, erschütterte sie zutiefst. "Zeig mir die komplette Chronologie", bat sie mit belegter Stimme.

Eine neue Timeline erschien an der Wand:

1992 - Marcus Weinberg: "Kletterunfall"
1995 - Julia Stern: "Allergischer Schock"
1998 - Thomas Beckmann: "Selbstmord"
...
2019 - Nina Stahl: "Unglücklicher Sturz"
2022 - Bettina Sander: "Tragischer Unfall"

"Es war ein perfekt orchestriertes Zusammenspiel", erklärte Thalheim und deutete auf verschiedene Dokumente. "Koch identifizierte potenzielle 'Gefährder' des Systems - meist Schüler, die zu viele Fragen stellten oder Unregelmäßigkeiten bemerkten. Hartmann schuf durch die Manipulation der Überwachung die 'Gelegenheiten', und Weber..." Er stockte.

"Weber sorgte dafür, dass die medizinischen Befunde die offizielle Version stützten", vollendete Sarah den Satz. Sie musste an Dr. Webers penible Dokumentation denken - jeder Fall säuberlich archiviert, jedes Detail festgehalten. War es Gewissenhaftigkeit gewesen? Oder unterschwellige Reue?

Emma hatte inzwischen das Finanzsystem rekonstruiert. "Die Rabengesellschaft war nur die Fassade. Koch baute über Jahre einen schwarzen Fonds auf - gefälschte Abrechnungen, manipulierte Fördergelder, verschleierte Spenden. Das Geld floss in ein komplexes Netzwerk von Konten."

Sarah betrachtete die Gesichter an der Pinnwand. Junge Menschen, deren Leben für den Erhalt eines perfiden Systems geopfert wurden. Bei Marcus Weinberg hatte es begonnen, mit Jana endete die düstere Serie der Rabengesellschaft.

"Nina muss etwas entdeckt haben", sagte sie leise und berührte das vergilbte Foto der engagierten Schülerin. "Etwas in den Finanzunterlagen oder den medizinischen Berichten. Und Jana..." Sie schluckte schwer. "Jana kam der Wahrheit zu nahe mit ihren Recherchen."

Thalheim legte ihr sanft eine Hand auf die Schulter. "Wir haben sie. Alle drei. Und dank Webers Dokumentationswahn haben wir jedes Detail, jeden Beweis, den wir brauchen."

Sarah nickte stumm. Die systematische Aufarbeitung von drei Jahrzehnten des Schreckens hatte sie emotional mehr aufgewühlt, als sie zugeben wollte. Aber die Wahrheit musste ans Licht - für Nina, für Jana, für alle Opfer des Systems.

Draußen krächzten die Raben im grauen Novemberhimmel. Sarah trat ans Fenster und beobachtete die schwarzen Vögel, die noch immer um den Turm kreisten. Ein Symbol der Macht war er gewesen, Zentrum eines Systems aus Kontrolle und Tod. Jetzt würde er zum Mahnmal werden - damit nie wieder junge Menschen einem pervertierten Bildungsideal zum Opfer fielen.

Konsequenzen in Rabenstein

Der Morgen nach den Vernehmungen brach mit einem schwachen Sonnenstrahl durch die bleiernen Wolken über Rabenstein an. Sarah stand im Konferenzraum des Internats, wo sich das Krisenteam versammelt hatte. Neben ihr saßen Vertreter des Schulamts, des Jugendamts und der provisorischen Schulleitung.

"Die oberste Priorität hat der Schutz der Schüler", erklärte die Schulamtsleiterin Dr. Brandt. "Wir haben bereits psychologische Betreuungsteams angefordert. Jeder Schüler, der mit der Rabengesellschaft in Kontakt stand, erhält Unterstützung."

Sarah nickte und öffnete ihre Unterlagen. "Wir haben eine vorläufige Liste der gefährdeten Schüler erstellt. Alexander steht unter besonderem Schutz, ebenso wie alle, die in den letzten Monaten Druckmittel der Gesellschaft ausgesetzt waren."

Emma trat durch die Tür, in den Händen einen Stapel Dokumente aus dem Kellerarchiv. "Die Sicherung der Beweise läuft auf Hochtouren. Sie müssen sich das ansehen." Sie breitete die Papiere auf dem Konferenztisch aus. "Wir haben Aufzeichnungen gefunden, die bis in die 1980er Jahre zurückreichen."

"Das gesamte Kellerarchiv wird digitalisiert", ergänzte Thalheim. "Jedes Dokument, jede Notiz könnte wichtig sein für die Aufarbeitung."

Ein Klopfen unterbrach die Besprechung. Der interimistischen Vertreter der Schulleitung Herzog trat ein, das Gesicht aschfahl. "Die ersten Eltern treffen ein. Sie verlangen Antworten."

"Bereiten Sie die Aula vor", wies Dr. Brandt an. "In einer Stunde gibt es eine Vollversammlung. Absolute Transparenz ist jetzt entscheidend."

Sarah beobachtete durch das Fenster, wie weitere Eltern auf den Parkplatz fuhren. Die Nachricht von den Verhaftungen hatte sich wie ein Lauffeuer verbreitet.

"Was ist mit den Räumlichkeiten der Rabengesellschaft?", fragte sie.

"Versiegelt", antwortete Thalheim. "Das Technikteam sichert gerade die letzten Daten von den Servern im Turmzimmer."

Emma, die an einem der Computer arbeitete, stieß plötzlich einen überraschten Laut aus. "Sarah, kommen Sie mal her." Sie deutete auf den Bildschirm. "Bei der Datensicherung haben wir einen verschlüsselten USB-Stick gefunden. Er lag versteckt in einem Hohlraum hinter dem Bücherregal."

Sarah beugte sich vor. Der Stick trug keine Beschriftung, nur ein eingeprägtes Rabensymbol. "Können Sie ihn öffnen?"

"Noch nicht. Die Verschlüsselung ist komplex. Aber..." Emma zögerte. "Die Dateistruktur deutet auf Verbindungen zu anderen Internaten hin."

Sarah spürte, wie sich ihre Nackenhaare aufstellten. Kochs Worte von der Vernehmung hallten in ihrem Kopf wider: "Rabenstein ist nur der Anfang..."

Ein Tumult auf dem Flur unterbrach ihre Gedanken. Alexander stand dort, umringt von besorgten Mitschülern. Sarah ging zu ihnen.

"Die Rabengesellschaft... sie ist wirklich vorbei?", fragte er mit zitternder Stimme.

"Ja", antwortete Sarah fest. "Das System ist gefallen. Niemand wird euch mehr unter Druck setzen."

Die Erleichterung in den Gesichtern der Jugendlichen war deutlich zu sehen. Jahre der Angst lösten sich auf.

Dr. Brandt trat zu der Gruppe. "Wir werden Rabenstein grundlegend reformieren. Die Traditionen bleiben, aber ohne Gewalt, ohne Manipulation. Eine echte Gemeinschaft, die ihre Mitglieder stärkt, statt sie zu brechen."

In der Aula versammelten sich bereits die ersten Eltern und Schüler. Sarah hörte das aufgeregte Stimmengewirr durch die geschlossenen Türen.

"Der USB-Stick muss warten", entschied sie. "Jetzt geht es erst mal um die Menschen hier."

Die nächsten Stunden vergingen wie im Flug. Elterngespräche, Kriseninterventionen, Zeugenbefragungen. Das Team arbeitete unermüdlich daran, Struktur in das Chaos zu bringen.

Am späten Nachmittag stand Sarah wieder am Fenster ihres provisorischen Büros. Die Raben kreisten noch immer über dem Turm, aber ihr Krächzen klang anders - nicht mehr bedrohlich, eher wie ein Abschiedsgruß an eine Ära, die zu Ende ging.

Emma trat neben sie. "Der Stick... wir arbeiten dran. Aber was auch immer darauf ist - es geht über Rabenstein hinaus."

Sarah nickte nachdenklich. Ein Fall war abgeschlossen, aber sie spürte, dass dies erst der Anfang einer größeren Geschichte war. Irgendwo da draußen existierten weitere Rabengesellschaften, weitere Systeme der Macht und Kontrolle.

Aber heute, in diesem Moment, zählte nur eines: In Rabenstein begann ein neuer Tag. Ein Tag ohne Angst, ohne verborgene Drohungen. Der erste Tag einer neuen Zeit.

Die Schatten der Vergangenheit würden noch lange nachwirken, aber die Mauern des Schweigens waren gefallen. Und während die Sonne unterging, kreisten die Raben ein letztes Mal um den Turm, bevor sie in der Dämmerung verschwanden.

Kapitel 19: Nachwirkungen

Schulkonferenz

Die Aula von Rabenstein war bis auf den letzten Platz gefüllt. Eltern, Lehrer, Pressevertreter und Behördenvertreter drängten sich in dem altehrwürdigen Raum. Sarah beobachtete von ihrem Platz auf dem Podium, wie Dr. Brandt vom Schulamt ans Rednerpult trat.

"Meine Damen und Herren", begann die Schulamtsleiterin mit fester Stimme. "Die Ereignisse der letzten Tage haben uns alle erschüttert. Das System der Kontrolle und Manipulation, das wir aufgedeckt haben, wird Konsequenzen haben - tiefgreifende Konsequenzen."

Ein Raunen ging durch die Menge. Kameras klickten, Notizblöcke wurden gezückt.

"Rabenstein wird sich neu erfinden müssen", fuhr Dr. Brandt fort. "Aber wir werden die Tradition nicht aufgeben - wir werden sie reformieren. Ab sofort steht ein psychologisches Betreuungsteam zur Verfügung. Jeder Schüler, der Unterstützung braucht, wird sie erhalten."

Ein Vater in der ersten Reihe sprang auf. "Wie konnten Sie das nicht bemerken? Jahrelang wurden unsere Kinder manipuliert!"

"Die Täuschung war perfekt", antwortete Sarah und trat ans Mikrofon. "Das System arbeitete im Verborgenen. Aber jetzt liegt alles offen. Wir haben sämtliche Dokumente sichergestellt, jeder Fall wird neu aufgerollt."

Der Lokalreporter der "Rabenstein Post" hob die Hand. "Stimmt es, dass die Manipulation bis in die Kranken-station reichte?"

"Die medizinischen Unterlagen werden derzeit ausge-wertet", erwiderte Dr. Brandt diplomatisch. "Aber ja, auch hier wird es Konsequenzen geben."

Herzog, der interimistischen Vertreter der Schulleitung, präsentierte den vorläufigen Reformplan. Neue Kon-trollmechanismen, transparente Strukturen, regelmä-ßige externe Evaluationen. Die Tradition der Rabenge-sellschaft würde in eine moderne Form überführt wer-den - ohne Gewalt, ohne Manipulation.

"Die Region steht hinter Rabenstein", verkündete der Landrat, der extra angereist war. "Wir werden das In-ternat bei der Neuausrichtung unterstützen."

Sarah beobachtete die Gesichter in der Menge. Schock, Wut, Unglaube - aber auch Hoffnung. Eine Mutter mel-dete sich zu Wort.

"Meine Tochter hat mir erzählt, wie sie unter Druck ge-setzt wurde. Wie können Sie garantieren, dass so etwas nie wieder passiert?"

"Durch absolute Transparenz", antwortete Herzog. "Wir werden einen Elternbeirat einrichten, der direkten Einblick in alle Entscheidungen erhält. Keine closed-door-Meetings mehr, keine geheimen Abstimmungen."

Die lokalen Medien überschlugen sich mit der Bericht-erstattung. "Skandal in Eliteschule" titelte die Raben-stein Post. "System des Schweigens durchbrochen" schrieb das Regionalblatt.

Alexander, dessen blaue Flecken an den Handgelenken noch schwach zu erkennen waren, erhob sich vom Podium. Als einer der Schüler, die das System am eigenen Leib erfahren hatten, sprach er nun als gewählter Schülervertreter: "Wir Schüler wollen Teil der Veränderung sein. Die Rabengesellschaft hat uns kontrolliert und eingeschüchtert - jetzt wollen wir mitgestalten und Rabenstein zu einem Ort machen, an dem niemand mehr Angst haben muss."

Sein Mut wurde mit spontanem Applaus belohnt. Sarah lächelte ihm ermutigend zu.

Die Konferenz zog sich über Stunden hin. Jede Frage wurde beantwortet, jede Sorge ernst genommen. Als die Sonne unterging, waren die ersten konkreten Schritte beschlossen.

"Ab morgen beginnt die Einzelberatung", verkündete Dr. Brandt zum Abschluss. "Jede Familie erhält einen persönlichen Termin. Wir werden jeden Fall individuell betrachten."

Nach der Konferenz trat Emma zu Sarah. "Die regionalen Sender wollen Interviews. Und die überregionale Presse hat sich auch schon gemeldet."

Sarah schüttelte den Kopf. "Nicht heute. Heute gehört die Aufmerksamkeit den Betroffenen."

Sie beobachtete, wie sich kleine Gruppen bildeten - Eltern, die sich austauschten, Lehrer, die mit Schülern sprachen, Therapeuten, die erste Kontakte knüpften.

Rabenstein begann zu heilen. Es würde ein langer Prozess werden, aber der erste Schritt war getan. Die Mauern des Schweigens waren gefallen, und dahinter zeigte sich die Chance auf einen echten Neuanfang.

Draußen kreisten noch immer die Raben über dem Turm. Aber ihr Krächzen klang nicht mehr bedrohlich - es war wie ein letzter Gruß an eine Ära, die zu Ende ging.

Reform der Traditionen

Der alte Versammlungsraum der Rabengesellschaft wirkte seltsam kahl. Die schweren Vorhänge waren entfernt, die düsteren Porträts abgehängt. Sonnenlicht fiel durch die hohen Fenster und enthüllte den Staub vergangener Jahrzehnte.

Dr. Brandt stand in der Mitte des Raums, umgeben von einem Team aus Therapeuten, Schulentwicklern und Vertretern der Schulaufsicht. "Dieser Raum wird unser erstes Projekt", erklärte sie. "Wir verwandeln ihn in ein Zentrum für Schülerberatung und Mediation."

Sarah beobachtete, wie die Experten den Raum vermaßen und Notizen machten. Die dunkle Holzvertäfelung würde bleiben, aber ergänzt durch helle, moderne Elemente. "Die Geschichte nicht auslöschen, sondern transformieren", hatte Dr. Brandt es genannt.

Emma trat neben sie, einen Stapel Dokumente in den Händen. "Die Digitalisierung der Akten macht Fortschritte. Wir haben bereits drei Jahrzehnte Schulgeschichte erfasst - die dunkle Seite von Rabenstein."

"Diese Dokumentation ist wichtig", sagte Sarah. "Damit sich die Geschichte nicht wiederholt."

Im Erdgeschoss hatte das therapeutische Team seine Arbeit aufgenommen. Dr. Rausch, eine erfahrene Traumatherapeutin, koordinierte die Einzelgespräche. "Viele Schüler öffnen sich erst jetzt", berichtete sie. "Die Angst sitzt tief, aber sie beginnen zu sprechen."

Alexander, der sich als einer der ersten hatte helfen lassen, unterstützte nun andere Schüler dabei, ihre Erlebnisse zu verarbeiten. Seine eigenen Erfahrungen mit dem System machten ihn zu einem wertvollen Vermittler.

"Wir entwickeln ein neues Mentoring-System", erklärte Herzog bei einem Treffen des Reformteams. "Die Tradition der gegenseitigen Unterstützung bleibt, aber ohne Hierarchie und Zwang. Freiwillige Partnerschaften zwischen älteren und jüngeren Schülern."

Die Neustrukturierung ging tief. Jede Regel, jede Tradition wurde hinterfragt und neu bewertet. Was würdevoll war, sollte bleiben. Was der Kontrolle diente, musste gehen.

"Die Raben selbst", sagte Dr. Brandt nachdenklich, "waren ursprünglich ein Symbol für Weisheit und Gemeinschaft. Erst das System hat sie zu Werkzeugen der Macht gemacht."

In der provisorischen Ausstellung im Erdgeschoss wurden die ersten Dokumente der Öffentlichkeit zugänglich gemacht. Zeitungsartikel, Fotografien, persönliche Berichte - die Geschichte von Rabenstein, hell und dunkel.

Sarah blieb vor einer Fotografie stehen: Bettina Sanders lächelndes Gesicht bei der Schulaufführung, nur Wochen vor ihrem Tod. "Für sie kommt jede Reform zu spät", dachte sie bitter.

"Aber nicht für die anderen", sagte Emma, als hätte sie Sarahs Gedanken gelesen. "Die neuen Strukturen greifen. Keine geschlossenen Türen mehr, keine geheimen Treffen."

Die Umgestaltung des Turms hatte begonnen. Wo einst die Rabengesellschaft ihre düsteren Rituale zelebrierte, entstanden helle Gemeinschaftsräume. Die alte

Holztreppe wurde restauriert, aber nicht mehr als Instrument der Macht missbraucht.

"Die Schüler entwickeln eigene Ideen", berichtete Herzog. "Sie wollen einen Raum der Erinnerung einrichten. Nicht als Monument des Schreckens, sondern als Mahnung und Versprechen."

Dr. Rausch nickte anerkennend. "Das ist wichtig für die Verarbeitung. Sie nehmen ihr Schicksal selbst in die Hand, gestalten aktiv mit."

In den Klassenräumen hatte der reguläre Unterricht wieder begonnen, aber anders als zuvor. Offene Diskussionen ersetzten stummes Auswendiglernen. Kritisches Denken wurde gefördert statt unterbunden.

"Es ist ein Balanceakt", gab Dr. Brandt zu. "Wir müssen die akademische Exzellenz bewahren, für die Rabenstein steht. Aber nicht um den Preis der Menschlichkeit."

Sarah beobachtete von ihrem Büro aus den Schulhof. Schüler bewegten sich entspannter, lachten offener. Die lähmende Angst der vergangenen Monate wich langsam einer vorsichtigen Hoffnung.

Emma trat ein, wieder einmal mit Dokumenten bewaffnet. "Die Historie der Rabengesellschaft ist fast vollständig digitalisiert. Ein düsteres Vermächtnis, aber eines, aus dem wir lernen können."

"Und der USB-Stick?", fragte Sarah.

"Noch verschlüsselt. Aber wir arbeiten daran."

Sarah nickte nachdenklich. Die Reform in Rabenstein war auf einem guten Weg. Aber Koch's Worte hallten noch immer in ihrem Kopf: "Rabenstein ist nur der Anfang..."

Draußen kreisten die Raben wie eh und je um den Turm. Aber ihr Krächzen klang anders - nicht mehr wie eine Drohung, sondern wie ein Ruf zur Veränderung. Rabenstein wandelte sich, Stein um Stein, Regel um Regel. Die Schatten der Vergangenheit würden bleiben, aber sie würden nicht mehr die Zukunft bestimmen.

Persönliche Konsequenzen

Die Abendsonne warf lange Schatten über den Campus von Rabenstein. Sarah stand am Fenster ihres temporären Büros und beobachtete, wie einige Schüler den Heimweg antraten. Ihre Körperhaltung war anders als noch vor wenigen Wochen - aufrechter, befreiter.

"Die ersten Versetzungsanträge sind bearbeitet", sagte Emma, die mit einem Stapel Akten hereinkam. "Fünf Schüler wechseln an andere Schulen. Aber die meisten wollen bleiben, Teil des neuen Rabenstein sein."

Sarah nickte nachdenklich. "Und Alexander?"

"Er bleibt. Die Therapeutin Dr. Rausch sagt, sein Engagement für die anderen hilft auch ihm bei der Verarbeitung."

Ein Klopfen an der Tür unterbrach sie. Herzog trat ein, in Begleitung von Dr. Brandt. "Die Ausschreibung für die neue Schulleitung ist fertig", berichtete er. "Diesmal mit externer Bewertungskommission und absoluter Transparenz im Auswahlverfahren."

"Was ist mit den anderen Lehrern?", fragte Sarah.

"Die meisten bleiben", antwortete Dr. Brandt. "Aber es wird Fortbildungen geben. Sensibilisierung, Präventionsarbeit. Niemand soll je wieder wegschauen."

Sarah öffnete eine Schublade und zog die alte Schulakte hervor. Marie Kochs Name stand in säuberlicher Handschrift auf dem Umschlag, daneben das verblasste Foto vom Schulwettbewerb. "Manchmal frage ich mich, ob sie stolz wäre auf das, was wir erreicht haben. Sie und Jana - sie haben den Anfang gemacht."

189

Emma legte ihr sanft eine Hand auf die Schulter. "Sie wäre stolz auf dich. Du hast das System gesprengt, dem sie zum Opfer fiel."

Ein weiterer Besucher erschien in der Tür - Dr. Rausch mit ihrem neuesten Evaluationsbericht. "Die Gruppengespräche zeigen Wirkung. Die Schüler beginnen, ihre Erlebnisse zu verarbeiten. Besonders die älteren Jahrgänge überraschen mich - sie entwickeln eigene Ideen für die Zukunft."

"Was wird aus Weber?", fragte Herzog.

"Lebenslange Haft, wie Koch", antwortete Sarah. "Hartmann hat durch seine Kooperation eine mildere Strafe bekommen, aber auch er wird Rabenstein nie wiedersehen."

Dr. Brandt setzte sich auf die Ecke des Schreibtischs. "Sarah, das Schulamt möchte Ihnen ein Angebot machen. Wir brauchen jemanden, der die Reformen begleitet, der die Geschichte kennt..."

Sarah hob abwehrend die Hand. "Noch nicht. Lassen Sie mir Zeit darüber nachzudenken."

Draußen hatte der Hausmeister begonnen, die alten Rabensymbole von den Wänden zu entfernen. Nicht alle - einige würden bleiben, als Mahnung und Erinnerung.

"Die Digitalisierung der Akten hat etwas Interessantes ergeben", warf Emma ein. "Es gibt Hinweise auf Verbindungen zu anderen Internaten. Korrespondenz, die über Rabenstein hinausgeht."

Sarah spürte, wie sich ihr Nacken verspannte. Kochs Worte hallten wieder in ihrem Kopf: "Rabenstein ist nur der Anfang..."

"Der USB-Stick könnte der Schlüssel sein", fuhr Emma fort. "Die Verschlüsselung ist komplex, aber wir machen Fortschritte."

Dr. Brandt richtete sich auf. "Eines nach dem anderen. Erst müssen wir hier aufräumen, Rabenstein neu aufstellen."

Sarah nickte, den Blick auf die untergehende Sonne gerichtet. Die Raben kreisten noch immer um den Turm, aber ihre Schatten waren kürzer geworden.

"Marie hätte diesen Sonnenuntergang geliebt", sagte sie leise. Dann wandte sie sich um. "Dr. Rausch, wie geht es den jüngeren Schülern?"

"Sie erholen sich. Die neue Struktur gibt ihnen Halt. Keine Angst mehr vor nächtlichen Ritualen, keine Erpressung, keine Manipulation."

Herzog lächelte müde. "Es wird Zeit brauchen, aber Rabenstein wird sich erholen. Anders als früher, aber vielleicht stärker."

Sarah packte ihre Sachen zusammen. Ihr vorläufiger Einsatz neigte sich dem Ende zu. Aber Dr. Brandts Angebot nagte an ihr. Konnte sie Rabenstein wirklich hinter sich lassen, wenn noch so viele Fragen offen waren?

Emma tippte auf ihrem Laptop. "Sarah, die Forensik hat noch etwas gefunden. In Webers privatem Safe - Unterlagen über andere Internate, handschriftliche Notizen..."

"Morgen", unterbrach Sarah sie sanft. "Heute lassen wir es gut sein."

Sie verließ das Büro und trat hinaus in die Dämmerung. Der Campus war still, friedlich fast. Die alten Gemäuer von Rabenstein warfen lange Schatten, aber zwischen ihnen bewegten sich die Schüler freier, aufrechter.

Ein letzter Sonnenstrahl brach durch die Wolken und ließ den Turm in warmem Licht erstrahlen. Sarah atmete tief durch. Die Geschichte war noch nicht zu Ende, das spürte sie. Aber das hier, dieser Moment der Heilung, war ein Anfang.

Die Raben über ihr kreisten ein letztes Mal und verschwanden dann in der hereinbrechenden Nacht. Morgen würde ein neuer Tag anbrechen in Rabenstein. Und vielleicht, dachte Sarah, würde sie Teil davon sein.

Kapitel 20: Neubeginn

Sarahs Entscheidung

Der Morgen brach gerade erst über Rabenstein an, als Sarah ihr temporäres Büro betrat. Die letzten Wochen hatten Spuren hinterlassen - nicht nur am Gebäude, sondern auch an den Menschen. Auf ihrem Schreibtisch lag die Mappe mit Dr. Brandts Angebot für die Position der Schulbeauftragten.

Emma klopfte und trat ein. "Die Dokumentation der Umbauarbeiten ist fertig", sagte sie und legte einen Stapel Fotos auf den Tisch. "Der Rabenturm sieht jetzt schon ganz anders aus."

Sarah betrachtete die Bilder. Wo einst düstere Geheimnisse herrschten, entstanden nun helle Räume für Begegnung und Dialog. "Danke, Emma. Du hast den Wandel perfekt eingefangen."

Dr. Brandt und Herzog erschienen in der Tür. "Haben Sie über unser Angebot nachgedacht?", fragte Dr. Brandt ohne Umschweife.

Sarah atmete tief durch. "Ja, das habe ich." Sie stand auf und trat ans Fenster. Die Raben kreisten wie immer um den Turm, aber ihr Flug erschien anders - freier, weniger bedrohlich. "Ich werde ablehnen."

"Aber warum?", Herzog klang überrascht. "Sie kennen die Strukturen, Sie haben sie durchbrochen. Wer könnte besser-"

"Genau das ist der Punkt", unterbrach Sarah sanft. "Rabenstein braucht einen echten Neuanfang. Ohne die Schatten der Vergangenheit." Sie wandte sich um. "Ich bin zu sehr Teil dieser Geschichte."

"Wir haben einen anderen Vorschlag", sagte sie und zog ein Dokument aus ihrer Schreibtischschublade. "Alexander hat ein Konzept entwickelt. Ein Präventions- netzwerk, das von den Schülern selbst getragen wird."

Dr. Brandt nahm das Papier entgegen und überflog es. "Ein Peer-Support-System?"

"Mehr als das." Sarah deutete auf die Details. "Alexan- der versteht beide Seiten - die Macht der alten Struktu- ren und die Notwendigkeit der Veränderung. Er hat das Vertrauen der Schüler, aber auch den nötigen Abstand für eine objektive Sicht."

"Und Sie?", fragte Herzog. "Was werden Sie tun?"

"Das, was ich am besten kann - ermitteln. Es gibt noch genug Fälle, die jemanden brauchen, der genau hin- sieht."

Alexander klopfte und trat ein. Seine Haltung war selbstbewusst, aber nicht überheblich - eine Verände- rung, die Sarah mit Genugtuung registrierte.

"Perfektes Timing", sagte Dr. Brandt. "Alexander, wür- den Sie uns Ihr Konzept erläutern?"

Während Alexander seine Vision eines neuen Raben- stein präsentierte, beobachtete Sarah die Reaktionen. Seine Ideen waren durchdacht, praktikabel und vor al- lem: Sie kamen von innen, nicht von außen.

"Das ist der richtige Weg", sagte Sarah schließlich. "Ra- benstein braucht keine externe Kontrolle mehr, son- dern innere Stärke."

Dr. Brandt nickte langsam. "Ich verstehe Ihre Entschei- dung jetzt besser. Aber Sie werden uns fehlen."

"Ich hinterlasse das Internat in guten Händen." Sarah lächelte Alexander zu. "Manchmal braucht es einen kompletten Neuanfang, ohne die Last der Vergangenheit."

Sie trat ein letztes Mal ans Fenster. Die Morgensonne ließ den Tau auf dem Rasen glitzern, ein neuer Tag brach an in Rabenstein. Die alten Mauern würden bleiben, aber ihr Inneres hatte sich gewandelt.

"Es ist Zeit zu gehen", sagte sie leise.

Emma umarmte sie kurz. "Pass auf dich auf."

Sarah verließ das Büro, ging durch die sich langsam füllenden Gänge. Schüler grüßten sie, offen und ohne die frühere Furcht in den Augen. Der Wandel war spürbar, überall.

Am Tor blieb sie noch einmal stehen und blickte zurück. Die Raben kreisten über dem Turm, aber sie waren jetzt einfach nur Vögel - keine Symbole mehr für Macht und Kontrolle.

Die Geschichte von Rabenstein würde weitergehen, aber sie würde von anderen geschrieben werden. Von Alexander, von den Schülern, von allen, die an eine bessere Zukunft glaubten.

Sarah ging durch das Tor. Ihre Arbeit hier war getan.

Die neuen Strukturen

Der Rabenturm erstrahlte im Morgenlicht, als das Lehrerkollegium gemeinsam mit der Schülervertretung die letzten Vorbereitungen für die erste offizielle Vollversammlung traf. Dr. Rausch arrangierte die Stühle in einem großen Kreis - keine Hierarchie mehr, kein erhöhter Platz für die Macht.

"Die Therapeuten werden jede Woche Sprechstunden anbieten", erklärte sie den anwesenden Vertrauenslehrern. "Direkt hier im Turm, niederschwellig und ohne Voranmeldung."

Alexander stand mit seinem Team aus gewählten Schülervertretern am großen Fenster. "Das Wegbegleiter-Programm startet nächste Woche", erläuterte er. "Wir haben bereits zwanzig Mentoren aus der Oberstufe, die eine spezielle Schulung durchlaufen haben."

Ein ehemaliges Rabenmitglied, jetzt Schülersprecher der zwölften Klasse, meldete sich zu Wort: "Die alten Initiationsriten werden durch Willkommensrituale ersetzt. Gemeinsames Frühstück für neue Schüler, Kennenlernwochenenden, Projektgruppen nach Interessen statt nach Status."

Dr. Brandt nickte anerkennend. Die Integration der ehemaligen Rabengesellschaft in die neue Struktur war eine heikle Balance, aber sie funktionierte. Ihre Erfahrung in Organisation und Führung floss nun konstruktiv in den Aufbau der neuen Gemeinschaft.

Der frühere Versammlungsraum war komplett umgestaltet. Statt düsterer Vertäfelung dominierten helle Holztöne und moderne Medientechnik. An den Wänden hingen Projekttafeln: "Konfliktlösung", "Kulturprogramm", "Soziale Verantwortung".

"Die Lehrer sind Teil des Wandels", betonte Dr. Rausch. "Jeder Fachbereich entwickelt eigene Präventionskonzepte. Im Sportunterricht gibt es Anti-Mobbing-Workshops, in Deutsch Schreibwerkstätten zur Verarbeitung von Erfahrungen."

Alexander führte durch die verschiedenen Etagen des Turms. Im ersten Stock entstanden Mediationsräume, wo geschulte Schüler und Lehrer gemeinsam Konflikte lösten. Darüber ein offenes Lernzentrum, das ehemalige Archiv der Rabengesellschaft war nun eine moderne Bibliothek.

"Die wichtigste Veränderung", sagte er vor der versammelten Gruppe, "ist die Transparenz. Alle Sitzungen sind öffentlich, alle Protokolle zugänglich. Wir dokumentieren unsere Arbeit, aber nicht mehr zur Kontrolle, sondern zur gemeinsamen Entwicklung."

Die Lehrerschaft hatte sich in Arbeitsgruppen organisiert. Geschichte und Deutsch entwickelten ein Projekt zur Aufarbeitung der Internatsgeschichte. Kunst und Musik planten Workshops zur kreativen Auseinandersetzung mit Macht und Gemeinschaft.

"Das Präventionsnetzwerk hat drei Säulen", erklärte Alexander. "Erstens: Früherkennung durch geschulte Vertrauenspersonen. Zweitens: Sofortige Intervention bei Problemen. Drittens: Langfristige Begleitung und Nachsorge."

Dr. Brandt ergänzte: "Die Schulaufsicht unterstützt das Konzept vollumfänglich. Rabenstein wird ein Modell für moderne Internatspädagogik."

Das ehemalige Ritual der nächtlichen Versammlungen wurde durch regelmäßige "Zukunftswerkstätten" ersetzt. Hier konnten alle Schüler ihre Ideen einbringen, unterstützt von Lehrern und Sozialpädagogen.

"Die Tradition der gegenseitigen Unterstützung lebt weiter", sagte der ehemalige Rabensprecher. "Aber jetzt auf Augenhöhe und freiwilliger Basis."

Im Erdgeschoss entstand ein Begegnungscafé, betrieben von einer Schüler-Lehrer-Initiative. Die alte Hierarchie der Sitzordnung war einer entspannten Atmosphäre gewichen.

Als die ersten Schüler zur Vollversammlung eintrafen, spürten alle Anwesenden die Veränderung. Wo früher Angst und Unterwerfung herrschten, erfüllte nun lebhafte Diskussion den Raum.

Dr. Rausch lächelte zufrieden. "Das ist mehr als Strukturwandel", sagte sie zu Alexander. "Das ist echte Heilung."

Die Raben kreisten noch immer um den Turm, aber ihr Schatten war nicht mehr bedrohlich. Sie waren zu Wächtern einer neuen Zeit geworden.

Der Kreis schließt sich

Die Abendsonne tauchte den Innenhof von Rabenstein in warmes Licht. Hunderte Kerzen säumten den Weg zum Rabenturm, wo sich die Schulgemeinschaft zur Gedenkfeier versammelt hatte. Neben Schülern und Lehrern waren auch zahlreiche Eltern gekommen, viele mit Tränen in den Augen, als sie den schlichten Gedenkstein aus schwarzem Marmor betrachteten, der die Namen aller Opfer trug.

Vor dem Eingang des Turms hatten Pressevertreter ihre Kameras aufgebaut. Emma, die ihren ersten offiziellen Auftrag als Polizeifotografin hatte, dokumentierte den Moment für die Ermittlungsakten. "Die Bilder werden Teil der offiziellen Chronik", flüsterte sie Sarah zu.

Alexander trat vor. "Wir sind heute hier, um zu erinnern und zu versprechen. Zu erinnern an jene, die unter dem alten System gelitten haben, und zu versprechen, dass sich Geschichte nicht wiederholt." Seine Stimme war fest, gefestigt durch die Erfahrungen der letzten Monate.

Die ehemaligen Rabenmitglieder standen zusammen in einer kleinen Gruppe. Ihre Gesichter zeigten eine Mischung aus Scham und Erleichterung. Einer von ihnen trat vor: "Wir tragen Mitschuld. Aber wir stehen heute hier, um Teil der Veränderung zu sein."

Dr. Brandt entzündete die erste Kerze. "Für Marie Koch, die den Mut hatte, die erste Frage zu stellen." Dr. Rausch las aus Maries Tagebuch vor - Worte, die nach zwanzig Jahren endlich gehört wurden.

Die Schülervertretung hatte eine Präsentation vorbereitet, die die konkreten Reformschritte dokumentierte:

Die Umgestaltung des Rabenturms, das neue Mentoring-System, die transparenten Kommunikationsstrukturen. Bilder zeigten den Wandel von düsteren Versammlungsräumen zu hellen Begegnungszonen.

Sarah beobachtete, wie Eltern und Lehrer gemeinsam über neue Konzepte der Zusammenarbeit diskutierten. Die Mauer des Schweigens war gefallen, ersetzt durch offenen Dialog.

"Die Medien werden morgen berichten", sagte Emma leise. "Nicht mehr über Skandale, sondern über Veränderung. Die Nachrichtenredaktionen haben bereits angefragt, ob sie die Entwicklung begleiten dürfen."

Als die Dämmerung hereinbrach, entzündeten sich überall im Hof weitere Kerzen. Der Chor sang, neu geschriebene Verse von Hoffnung und Wandel. Die Raben kreisten über dem Turm, ihre Silhouetten friedlich vor dem Abendhimmel.

Sarah spürte, wie sich etwas in ihr löste. Hier, wo alles begonnen hatte - mit Marie, mit Jana, mit ihrer eigenen Geschichte - schloss sich der Kreis. Nicht als Ende, sondern als Neuanfang.

Dr. Brandt trat zu ihr. "Der Reformprozess ist auf einem guten Weg. Die Schulaufsicht hat grünes Licht für alle Konzepte gegeben. Rabenstein wird ein Modell für andere Schulen werden."

Die Glocke läutete zum Abschluss der Zeremonie. Ihr Klang hallte über den Campus, nicht mehr als Signal der Macht, sondern als Stimme der Gemeinschaft.

Sarah nahm Abschied - von den Schülern, den Lehrern, von Emma, die hier bleiben würde, um den Wandel zu dokumentieren. Als sie durch das Tor ging, wusste sie:

Die Geschichte von Rabenstein würde weitergehen.
Aber die Schatten der Vergangenheit hatten ihre Macht
verloren.

Die Raben kreisten ein letztes Mal über ihrem Kopf.
Ihre Flügel glänzten im letzten Sonnenlicht - nicht mehr
schwarz wie die Nacht, sondern schillernd wie die Hoffnung auf einen neuen Morgen.

Nachwort

„Das Echo der Raben" entstand aus meiner Beschäftigung mit den psychologischen Mechanismen geschlossener Systeme. Als ich die ersten Recherchen zu elitären Internaten und ihren verborgenen Strukturen begann, ahnte ich noch nicht, welche Dimensionen sich auftun würden. Die Geschichte von Sarah Reichert und dem Internat Rabenstein ist zwar fiktiv, basiert aber auf intensiven Studien realer Fälle von Machtmissbrauch in Bildungseinrichtungen.

Die „Rabengesellschaft" steht dabei symbolisch für alle hierarchischen Systeme, die unter dem Deckmantel von Tradition und Exzellenz ihre eigenen Gesetze entwickeln. Die Mechanismen von Kontrolle, Manipulation und blindem Gehorsam, die im Roman beschrieben werden, finden sich in verschiedenen Formen auch in der Realität.

Besonders wichtig war mir dabei die Darstellung der psychologischen Entwicklung der Charaktere. Wie Menschen unter dem Einfluss solcher Systeme ihr moralisches Koordinatensystem verlieren können, aber auch, wie sie den Weg zurück in die ethische Verantwortung finden.

Der Roman ist auch eine Hommage an all jene, die den Mut haben, sich gegen etablierte Machtstrukturen aufzulehnen und für Veränderung einzustehen. Sarah Reicherts Weg steht beispielhaft für diesen oft schmerzhaften, aber notwendigen Prozess der Aufarbeitung und Heilung.

„Das Echo der Raben" ist der erste Band einer Trilogie. Die Geheimnisse von Rabenstein reichen tiefer und weiter, als es zunächst scheint. Sarah Reicherts Weg zur Wahrheit hat erst begonnen.

Mirco Deflorin

Bereits erschienen von Mirco Deflorin:

"Mord im Elfenbeinturm"
Ein packender Kriminalroman aus der ehrwürdigen Uni-
versitätsstadt Oxford. Detective Inspector Liam O'Reilly
ermittelt in einem spektakulären Mordfall, der die
dunklen Geheimnisse der akademischen Elite ans Licht
bringt. Ein fesselnder Thriller über Macht, Verrat und
tödliche Ambitionen hinter den altehrwürdigen Mauern der Elite-Universität.

.